HEIDI WAHL

Reden für private Anlässe

Schenken Sie doch einfach Worte

Inhalt

Der große Augenblick: Die Rede halten

Musterreden und Textideen für jeden Anlass

1 Ihr persönlichstes Geschenk

→ Feierlich oder heiter, glücklich oder traurig sind die Anlässe, zu denen sich Familie und Freunde treffen. Eines aber ist ihnen gemeinsam: Sie geben Ihnen die Chance, in einem vertrauten Kreis zu sagen, was Sie fühlen und denken, worüber Sie sich freuen oder was Sie verloren haben. Ergreifen Sie die Gelegenheit, denn eine Rede ist kein Hexenwerk! Ein bisschen Grundwissen, und schon kann's losgehen.

Über die Kunst, private Festreden zu halten

So wie ein schönes Glas Rotwein zu einem feinen Essen gehört, runden auch Reden festliche Anlässe ab, denn sie verbinden, sind anregend, lockern die Atmosphäre auf, sorgen für Unterhaltung und bieten Stoff für weitere Gespräche. In manchen Situationen kommt man nicht umhin, eine Rede zu halten, in anderen möchte man einfach gerne ein paar Worte sagen, und gelegentlich ist eine Rede ein ganz besonderes persönliches Geschenk.

Was auch immer auf Sie zutrifft: Nehmen Sie die Herausforderung an! Selbst wenn Sie – vielleicht sogar spontan – um eine kurze Ansprache gebeten wurden, Ihnen aber nicht ganz wohl ist bei dem Gedanken, vor anderen das Wort zu ergreifen. Wenn Sie dieses Buch lesen, werden Sie sehen, dass es Spaß macht, eine Rede zu halten. Seien Sie sich gewiss: Es erwartet niemand von Ihnen, dass Sie rhetorisch perfekt sind, und je öfter Sie vor Publikum reden, desto selbstsicherer werden Sie. Aber überlassen Sie nichts dem Zufall und vertrauen Sie nicht der Eingebung des Augenblicks! Bereiten Sie sich möglichst gründlich vor, dann vermeiden Sie Pannen und Peinlichkeiten. Bei Reden vor der Familie und vor Freunden geht es nicht wie bei Präsentationen im Beruf um abstrakte Formeln, präzise Zahlen, intellektuelle Tiefe oder dialektische Raffinessen. Stattdessen stehen Menschen, Ereignisse, Herz und Gefühl, persönliche Erlebnisse und Momentaufnahmen des Lebens im Vordergrund – also alles, was Sie bewegt. Denn Ihre Rede soll den Festtag verschönern und den Hauptpersonen zeigen, wie wichtig sie Ihnen sind.

Doch auch für Auftritte vor Verwandten, Freunden und Bekannten – im kleineren oder größeren Kreis – gilt es Folgendes zu beachten: Da Sie zumindest einen Teil der Festgäste kennen, ist es wichtig, glaubwürdig zu wirken. Ihr Auftritt wird danach beurteilt, ob Sie in Ihrer Rednerrolle wiederzuerkennen sind oder ob Sie schauspielern. Falls Sie üblicherweise eher ernsthaft und zurückhaltend sind, würden Ihre Bekannten Sie als Stimmungskanone sicher etwas merkwürdig finden. Ihr Verhalten würde Erstaunen hervorrufen, und der eine oder andere würde sich kopfschüttelnd fragen: »Was ist denn mit dem heute los?« Sprache, Mimik und Gestik müssen zu Ihnen und zueinander passen und dürfen nicht einstudiert wirken.

Unterschiedliche Redeformen

Je nach Anlass und Publikum können drei typische Redeformen unterschieden werden:

- Meinungs- oder Überzeugungsrede,
- Informations- oder Sachrede,
- Fest- oder Gelegenheitsrede.

Prinzipiell sind auch Mischformen dieser Redearten möglich. Meinungs- oder Überzeugungsreden sind Alltag in der Politik. Sach- oder Informationsreden werden in Form von Fachvorträgen oder Referaten üblicherweise an Universitäten sowie bei Fortbildungen, Messen oder Kongressen gehalten. Fest- oder Gelegenheitsreden kommen am häufigsten im privaten oder gesellschaftlichen Bereich vor, aber natürlich auch im beruflichen Umfeld wie etwa bei Firmenjubiläen.

Weil es für Ansprachen im Freundes- und Familienkreis keine so strengen gesellschaftlichen Regeln oder offiziellen Maßstäbe wie im Beruf gibt, können Sie sich frei entfalten und Ihre Rede gestalten, wie es Ihrem Typ entspricht: spontan, lebendig oder etwas nüchterner. Doch selbst, wenn Sie ein sehr offener Typ sind, gilt: Verletzen Sie auf keinen Fall

TIPP

Wie wirke ich?

→ Um Ihre Wirkung als Rednerin oder Redner richtig einzuschätzen, sollten Sie ein Gespür für Ihr Publikum entwickeln. Achten Sie bei Feiern, Tagungen und Festvorträgen auf das Verhalten der Zuhörer: Wann sind sie gelangweilt und unruhig, wann fasziniert? Beobachten Sie die Reaktionen des Publikums auf die unterschiedlichen Rednertypen und während der verschiedenen Redephasen.

die Gefühle anderer – absichtlich oder unabsichtlich! Meist haben Sie den Vorteil, als Familienmitglied oder Freundin über die Empfindlichkeiten, Schwächen und Abneigungen der Zuhörer und der Hauptpersonen Bescheid zu wissen. Falls das nicht der Fall ist, empfiehlt es sich, im Vorfeld nachzufragen, ob die Hauptperson bestimmte Erwartungen an die Festrede hat, sich also eine Rede zu einem bestimmten Thema wünscht, und ob es Themen oder Situationen gibt, die Sie besser nicht anschneiden sollten.

Von fröhlichen und traurigen Redeanlässen

Anlässe für eine Fest- oder Gelegenheitsrede gibt es viele: Das Spektrum reicht von Ehrungen, Jubiläen, Hochzeiten, Geburtstagen, Taufen und Examina über den Hausbau, die bestandene Führerscheinprüfung bis zur Einweihungsparty oder dem Vereinsfest. Aufgabe einer Festrede ist es zunächst einmal, Familienangehörige oder Freunde zu ehren und zu würdigen oder ihnen zu gratulieren. Kurze Ansprachen sind aber auch zur Begrüßung oder Verabschiedung der Gäste möglich. Manchmal eignen sie sich sogar, um die gute Stimmung der Feiernden aufrechtzuerhalten. Die Gelegenheitsrede richtet sich dabei weniger an den Verstand der Zuhörer, sondern spricht die emotionale Seite an. Und Sie werden sehen: Mit unterhaltsamen Anekdoten, lustigen Geschichten und persönlichen Erinnerungen erobern Sie schnell die Herzen der Gäste.

Neben heiteren Festen gehören Ansprachen jedoch auch zu traurigen Anlässen wie Beerdigungen. Trauerreden und Nachrufe sind für die meisten Menschen schwierige und eher etwas unangenehme Reden. Einmal natürlich, weil jemand gestorben ist, der einem vielleicht sehr nahestand, und zum anderen wegen der besonderen Situation auf dem Friedhof. Weil die Beerdigung für die Hinterbliebenen an sich schon eine schwere seelische Belastung ist, sollte eine Trauerrede möglichst kurz sein. Zudem erfordert sie besonders viel Fingerspitzen- und Feingefühl bei den Formulierungen.

Die ewige Frage: Frei sprechen oder ablesen?

Sie sind nervös, weil Sie in drei Wochen eine Rede halten sollen? Der Tag X liegt Ihnen schwer im Magen? Plötzlich kommt Ihnen die rettende Idee: Ich mache es wie die Politiker im Bundestag und lese die Rede vom Blatt ab! Tun Sie das besser nicht, denn eine abgelesene Festrede wirkt fast immer sehr spröde und langweilig. Für ein Fest im privaten Kreis ist diese Vortragsweise wenig geeignet.

Der hilfreiche Stichwortzettel

Sprechen Sie lieber frei anhand von Stichworten, denn eine Stichwortsammlung hat gegenüber einem ausformulierten Manuskript verschiedene Vorteile:

Ein Redegerüst
mit Stichworten

Mithilfe von Stichworten halten selbst ungeübte Redner eine souveräne Rede. Darauf sollten Sie achten:

- Verwenden Sie weiße oder gelbe (Kartei-)Karten, die nicht zu klein sein sollten.
- Beschriften Sie die Karten nur einseitig. Schreiben Sie groß und deutlich.
- Verwenden Sie pro Hauptgedanken eine Stichwortkarte.
- Notieren Sie alle Zitate, Namen, Zahlen und den Anfangssatz wörtlich.
- Kennzeichnen Sie Hauptpunkte oder wichtige Gedanken farblich.
- Heften Sie die Karten nicht zusammen. Halten Sie sie lose in Ihrer schwächeren Hand. Die stärkere Hand verwenden Sie für Ihre Gestik.
- Nummerieren Sie die Karten. Kontrollieren Sie vor Ihrem Auftritt die Reihenfolge.
- Notieren Sie Regieanweisungen (Sprechpausen, Blickkontakt, Einsatz von Hilfsmitteln wie Diaprojektor) auf den Karten.

Sie vergessen keinen Gedanken, weil alle wichtigen Punkte vollständig und gegliedert auf dem Zettel stehen. Gleichzeitig können Sie Ihre Formulierungen an die aktuelle Situation anpassen. Ihre Redezeit können Sie bei Bedarf problemlos kürzen, und auch der Blickkontakt mit den Zuhörern ist mit Stichwortzetteln leichter zu halten. Und vor allem können Sie sich gewiss sein, dass Ihr Mut vom Publikum belohnt wird!

Gehen Sie am besten folgendermaßen vor: Erstellen Sie zunächst ein ausformuliertes Manuskript. In einem zweiten Schritt machen Sie daraus eine Stichwortsammlung, an der Sie sich bei Ihrer Ansprache entlanghangeln können.

Supersicher: ein Redemanuskript

Wenn Sie Ihre Rede trotzdem mit einem ausformulierten Manuskript halten wollen, etwa weil Sie unerfahren oder nervös sind oder kurzfristig für jemanden einspringen müssen, dann brauchen Sie ein übersichtliches Manuskript, das Ihren Bedürfnissen angepasst ist:

- Wählen Sie eine große Schriftgröße (14 Punkt) und einen großen Zeilenabstand (1,5-zeilig).
- Nummerieren Sie die Blätter durch.
- Schreiben Sie Ihre Sätze als sprechbare Gedankenschritte, im mündlichen Stil.
- Verwenden Sie keine Wort-Ungetüme mit vielen Silben.
- Jeder Satz sollte nur einen inhaltlichen Kern enthalten.
- Klammern Sie Ihre Manuskriptseiten nicht zusammen. Verwenden Sie besser lose Seiten, die Sie nach Gebrauch einfach zur Seite legen können.
- Kennzeichnen Sie außerdem die Stellen, an denen Sie aus rhetorischen Gründen eine Sprechpause machen möchten, und die Passagen, an denen Sie Hilfsmittel wie Beamer oder Diaprojektor einsetzen.

So klappt auch eine Stegreifrede

Im Gegensatz zu Überzeugungsreden, Informationsreden oder Festreden ist die Stegreifrede keine eigene Redegattung oder gar spezielle Form. Von einer Stegreifrede wird dann gesprochen, wenn jemand spontan und ohne lange Vorbereitung eine Ansprache hält. Solche Gelegenheiten ergeben sich sowohl bei privaten als auch bei gesellschaftlichen Anlässen immer wieder: Entweder weil Sie entschieden haben, »dazu will ich jetzt auch etwas sagen« oder weil Sie beispielsweise vom Gastgeber kurzfristig gebeten werden: »Kannst Du nicht auch noch ganz schnell ein paar Worte an die Festgäste richten?«

Doch was tun, wenn Sie vor der Aufgabe stehen, aus dem Stegreif zu sprechen? Ruhig bleiben, durchatmen und sich auf Ihre Aufgabe konzentrieren. Selbst wenn Sie sehr nervös sind: Rufen Sie sich ins Gedächtnis, dass Sie schon Hunderte Male etwas zu Gesprächen oder Diskussionen beigesteuert haben. Eigentlich war das jedes Mal nichts anderes als eine Miniatur-Stegreifrede!

Durch diese Form der Selbstmotivation werden Sie ruhiger und selbstbewusster. Halten Sie sich außerdem vor Augen, dass es nur ausgefuchsten und routinierten Redeprofis gelingt, aus dem Stegreif heraus absolut perfekte Reden halten. Im Klartext heißt das: Sie können davon ausgehen, dass niemand eine ausgefeilte Rede von Ihnen erwartet.

Ein paar kleine Tipps, die Sie berücksichtigen sollten, wenn Sie zu einer spontanen Rede aufgefordert wurden: Bleiben Sie ganz ruhig sitzen und lenken Sie für einige Sekunden Ihre Aufmerksamkeit auf die anstehende Herausforderung. Atmen Sie mehrere Male tief ein und aus, und überprüfen Sie, ob Ihr Schulterbereich locker ist. Anschließend machen Sie sich auf den Weg zu Ihrer Stegreifrede und treten vor die Gäste. Im Rampenlicht angekommen heißt die Devise: Zeit lassen! Um Ihre Gedanken allmählich zu entwickeln und auszuformulieren, reden Sie am besten langsam und machen häufig Pausen.

Ganz wichtig beim Einstieg: Wenn Sie nicht aus eigener Initiative sprechen, sondern um ein paar Worte gebeten wurden, sollten Sie Entschuldigungen und Phrasen wie »Ich war noch nie eine gute Rednerin.« oder »Leider hatte ich keine Zeit, um mich vorzubereiten.« tunlichst vermeiden. Ihr Publikum hat sonst das Gefühl, dass Sie sich zieren und nach Ausreden suchen.

Selbst wenn Sie noch nicht so routiniert sind und bislang selten spontan vor Publikum gesprochen haben, können Sie Stegreifreden erfolgreich

TIPP

Fixer Spickzettel

→ Falls Sie bis zu Ihrer kurzfristig anberaumten Ansprache noch etwas Zeit haben, machen Sie sich ein paar Stichworte auf einer Serviette, einer Kinokarte oder einer alten Quittung. Eine gute Hilfestellung für diese Situationen sind Redeformeln (→ S. 31). Notieren Sie sich den Beginn Ihrer Stegreifrede, zwei oder drei Punkte für den Mittelteil und das Ende. Vielleicht lassen Sie dieses authentische Schriftstück später rahmen und überreichen es dem Brautpaar oder dem Jubilar als weiteres, nachträgliches Geschenk.

meistern. Entscheidend ist, dass Sie für solche Momente eine Hilfestellung parat haben: Legen Sie sich deshalb ein äußerst variables Gliederungsschema wie die GGGG-Formel oder die Drei-Zeiten-Formel zurecht (→ Redeformeln, Seite 31 f.). Diese helfen Ihnen, innerhalb kürzester Zeit Ihre Rede aufzubauen und sich beim Sprechen darauf zu stützen.

Auch bei Spontanreden sind persönliche Worte das Erfolgsrezept: Bei einer improvisierten Ansprache hat sich der Einstieg mit einer rhetorischen Frage bewährt, die Sie in den nachfolgenden Sätzen beantworten, etwa: »Was ist wohl in Julia und Dirk gefahren, dass sie nach zehnjährigem Zusammenleben nun vor den Traualtar treten?« Zum Schluss können Sie ganz schlicht Glückwünsche aussprechen oder alle Gäste auffordern, das Glas zu erheben.

Falls Ihnen wirklich absolut keine Zeit zur Vorbereitung auf die Stegreifrede bleibt, bietet es sich an, von sich selbst zu sprechen und zu schildern, warum Sie überhaupt zu der Feier eingeladen worden sind. Schildern Sie, wie es Ihnen geht, wenn der kleine Bruder jetzt endlich unter der Haube ist. Oder wie ist es, Tante einer kleinen Nichte geworden zu sein.

Ein weiterer Ausgangspunkt ist das Fest selbst: Erwähnen Sie, wie liebevoll etwa die Blumenarrangements und die Auswahl des Restaurants und der Tischnachbarn vorgenommen wurden. Möglich ist außerdem ein Ausblick auf die nähere oder fernere Zukunft oder ein Vergleich: Wie wurde früher gefeiert? Wie werden Hochzeiten oder Geburtstagsfeste in anderen Ländern begangen?

Reden können Sie lernen

Reden ist keine Zauberei, sondern eine erlernbare Kunst. Je öfter Sie die Gelegenheit beim Schopf packen und beim Elternabend, vor Kollegen oder bei Familien- und Vereinsfesten sprechen, desto selbstsicherer, lockerer und routinierter treten Sie auf.

Im Prinzip ist jeder Redebeitrag im Alltag, bei öffentlichen Diskussionen, Arbeitsessen oder Familienfesten eine kleine Rede. Trauen Sie sich, überwinden Sie Ihre Hemmungen. Fangen Sie klein an: Setzen Sie sich Etappenziele, anfangs zwei bis drei Minuten. Steigern Sie sich dann, tasten Sie sich an einen zehnminütigen Auftritt heran. Und denken Sie daran: Übung macht den Meister!

Als kleine Motivationshilfe kann dieser Vergleich dienen: Reden lernen ist wie Fahrradfahren lernen. Am Anfang geben Ihnen zwei Stützräder oder ein ausgearbeitetes Manuskript den notwendigen Halt. Die ersten Fahrten mit dem Fahrrad bzw. die Rede-Auftritte ohne Ablesen sind noch etwas wackelig, aber irgendwann klappt es. Von Runde zu Runde,

TIPP

Rede-Trainings-Möglichkeiten

→ Rhetorik-Schulungen oder Kommunikationstrainings zu günstigen Preisen bieten Volkshochschulen (VHS) oder die Toastmaster-Clubs nach dem Vorbild amerikanischer Debattierclubs an. Die Übungsabende sind bei beiden Institutionen regelmäßig, so dass Sie kontinuierlich an Ihren Sprech- und Redetechniken feilen können.

von Ansprache zu Ansprache werden Sie souveräner. Und danach macht es sogar richtig Spaß. Je geübter Sie sind, desto kreativer und abwechslungsreicher gestalten Sie Ihre Ausflüge – auf zwei Rädern oder mit wohlgesetzten Worten. Und am Ende können Sie sogar freihändig fahren und reden.

Wenn Sie Ihre Scheu vor dem freien Sprechen überwunden haben, geht es ans Trainieren und Verbessern der Fähigkeiten. Bitten Sie Freunde oder Verwandte nach Ihren Auftritten darum, Ihnen zu sagen, was sich noch verbessern lässt. Sie können vorher ausmachen, ob die Analyse Ihrer Stärken und Schwächen hart, mittel oder weich ausfallen soll. Falls Ihnen das Feedback Ihres Mannes oder einer Freundin eher unangenehm ist, können Sie Rhetorikseminare, Kommunikationskurse oder eine Sprechausbildung belegen. Wochenendkurse vermitteln viele Inhalte und legen einen Grundstein. Um das Gelernte zu festigen und im Alltag anzuwenden, empfiehlt es sich, die Kenntnisse in weiteren Kursen zu verfeinern.

Falls Sie keinen Kurs belegen möchten, bevor Sie als Brautvater bei der Hochzeit Ihrer Tochter eine Rede halten, können Sie auch mit Bekannten oder mit der Familie üben. Suchen Sie sich dazu ein Thema aus, das Ihnen am Herzen liegt und das Sie immer wieder beschäftigt, und sprechen Sie darüber – mit oder ohne Vorbereitungszeit und mit Stichworten oder »total blank«. Noch interessanter ist es, wenn Sie über ein Gebiet sprechen (Rosen züchten, Snowboarden, Bücher schreiben), über das Sie nicht besonders viel wissen. Dann ist Improvisieren angesagt. Lassen Sie sich anschließend beurteilen und berücksichtigen Sie die Kritikpunkte bei der nächsten Übung. Starke Seiten bauen Sie natürlich aus. Üben Sie möglichst oft, denn regelmäßig eine Viertelstunde lang zu üben bringt mehr Erfolg als nur einmal zwei Stunden. Dann gewöhnen Sie sich an das Reden vor Publikum und werden von Mal zu Mal sicherer. Nutzen Sie auch im Alltag jede Gelegenheit zu einer Mini-Stegreifrede.

Keine Angst vor dem Publikum!

Macht Sie der Gedanke, vor Publikum zu sprechen, nervös – oder empfinden Sie sogar richtiggehend Angst davor? Um Vorträge zu bewältigen und Blackouts zu verhindern, kann die Analyse Ihrer Redeängste hilfreich sein. Forschen Sie nach, ob Sie einfach nicht gerne im Mittelpunkt stehen oder ob Sie befürchten, den Ansprüchen des Publikums nicht gerecht zu werden. Was können Sie ändern, um sich sicherer zu fühlen und Ihre Ängstlichkeit abzubauen? Bestimmen Sie zunächst erreichbare und überprüfbare Teilziele, und machen Sie sich dann daran, Ihre Einstellung aktiv zu verändern.

ÜBUNG

Schritt für Schritt zum Rede-Meister

Wenn es Ihnen sehr unangenehm ist, vor Publikum zu reden, dann können Sie so vorgehen:

- Sprechen Sie zunächst nur vor einem Menschen, zu dem Sie Vertrauen haben.
- Im nächsten Schritt halten Sie eine Probeansprache vor zwei, drei bekannten Leuten, dann vor fünf, sechs und schließlich vor einem Dutzend.
- Je öfter Sie vor Publikum sprechen, desto ruhiger bleiben Sie währenddessen, und die Sprechsituation wird zu etwas Gewöhnlichem. Üben Sie so oft wie möglich! Irgendwann bereitet es Ihnen dann auch kein Problem mehr, vor 50 Gästen eine kurze Ansprache zu halten.

Gut vorbereitet ist halb gewonnen

→ Gut Ding will Weile haben: Diese Weisheit gilt besonders für Reden. Je mehr Zeit Sie sich nehmen, Material zu sammeln, Ihre Ideen zu entwickeln und einen roten Faden für Ihre Rede zu finden, desto sicherer werden Sie sich fühlen, wenn's drauf ankommt. Und das Publikum wird es Ihnen danken. Also zücken Sie am besten gleich jetzt Stift und Papier!

Hauptsache: keine Hektik

2

Mit der Ausarbeitung ihrer Ansprache warten viele bis kurz vor dem Termin. Keine Frage, manch einer braucht das, weil er nur unter Zeitdruck gute Ergebnisse erzielt. Dabei besteht aber die Gefahr, dass nur wenige Stunden bleiben und dann alles hopplahopp gehen muss. Doch wenn eine Ansprache gründlich vorbereitet wurde, kommt sie beim Publikum einfach besser an.

Sie brauchen einige Zeit, um das Material zu sammeln, es zu ordnen und zu sichten und dann aus den gesammelten Unterlagen Stoff auszuwählen, die Rede anschließend zu formulieren, sie zu ändern und zu kürzen und sie zu guter Letzt einzuüben.

Finden Sie Ihr Thema

Bei der Vorbereitung Ihrer Ansprache kommen Sie ganz schnell zu den beiden entscheidenden Fragen: »Was sage ich?« und »Wo und wie finde ich eigentlich Ideen?«. Ganz einfach: Schlüpfen Sie zunächst in die Rolle eines Detektivs oder eines Journalisten und recherchieren Sie. Für Journalisten steht bei ihrer täglichen Arbeit die Beantwortung der sogenannten W-Fragen im Vordergrund: wer, was, wann, wo, warum? Versuchen Sie zu Beginn Ihrer Stoffsammlung diese Fragen mit Bezug zur Feier zu beantworten.

Als Erstes sollten Sie für sich klären: Was ist der Anlass? Welche Botschaft will ich vermitteln und welches Ziel will ich mit meiner Ansprache erreichen? Je nach Anlass und Publikum kann eine Rede die unterschiedlichsten Schwerpunkte haben: Manche sprechen vor allem den Verstand und den Intellekt der Zuhörer an, andere eher das Gefühl und das Gemüt.

Wie jedes öffentliche Sprechen haben auch Grußworte und Ansprachen bei privaten Anlässen immer ein Ziel: Wollen Sie mit Ihrer Rede Glückwünsche aussprechen? Die Lebensleistung eines Jubilars würdigen? Ihre Hilfe und Unterstützung anbieten? Behalten Sie das Ziel, das Sie sich für einen speziellen Redeauftritt gesetzt haben, immer im Auge. Der Zweck bestimmt alles in Ihrer Rede – von der Materialsuche bis zur Gliederung.

Die meisten Anlässe und Termine für Reden im privaten Bereich stehen lange vorher fest. Sie sollten die Zeit bis zum Tag X für die Vorbereitung nutzen. Das kommt nicht nur der Qualität Ihrer Rede zugute, sondern auch Ihrer Wirkung als Redner.

Sobald feststeht, dass Sie eine kurze Ansprache bei der Silberhochzeit, der Taufe oder beim Geburtstag halten, legen Sie für sich fest, welche Themen und Schwerpunkte enthalten sein sollen. Dann klären Sie am besten ab, ob es bei der Feier mehrere Ansprachen geben wird. So vermeiden Sie, dass die Lebensgeschichte des Jubilars oder das Kennenlernen des Brautpaars doppelt erzählt wird. Dies empfiehlt sich besonders für Ungeübte. Erfahrene Redner haben weniger Probleme damit, spontan auf die Aussagen von Vorrednern zu reagieren und ihre Rede entsprechend kurzfristig umzugestalten oder zu kürzen.

Was wissen Sie über den Anlass und die Hauptperson?

Im Mittelpunkt eines Familienfestes steht häufig ein einzelner Mensch, der eine bestandene Prüfung oder seinen Geburtstag feiert. Es können aber auch zwei Personen sein, die heiraten oder ein Hochzeitsjubiläum wie Silberhochzeit oder goldene Hochzeit begehen.

Diese Fragen sollten Sie sich stellen

→ **WANN IST DER TERMIN?**
Je früher Sie wissen, wann die Hochzeit oder die Geburtstagsfeier stattfindet, desto mehr Zeit haben Sie für die Vorbereitung Ihrer Ansprache.

→ **WAS IST DER ANLASS?**
Eine feierliche Rede zur Verlobung hat andere Inhalte als eine humorvolle Ansprache bei der Geburtstagsparty eines engen Freundes.

→ **WER SIND DIE HAUPTPERSONEN?**
In welchem Verhältnis stehen Sie zu ihnen? Wenn Sie die zu Feiernden gut kennen, haben Sie viele Anknüpfungspunkte und gemeinsame Erlebnisse. Wenn das nicht der Fall ist, dann können Sie sich bei Verwandten und Freunden informieren und dort Material für Ihre Rede besorgen.

→ **WO UND IN WELCHEM RAHMEN WIRD GEFEIERT?**
Je größer der Raum ist und je mehr Gäste geladen sind, desto lauter müssen Sie sprechen. Wenn die Feier in einem Saal stattfindet, kann es sein, dass Sie Ihre Rede mit einem Mikrofon halten müssen. Erkundigen Sie sich, ob die entsprechende Technik zur Verfügung steht.

→ **MÜSSEN EINZELNE GÄSTE GEZIELT ANGESPROCHEN WERDEN?**
Wenn sich Pfarrer, Bürgermeister oder extra eingeflogene Familienmitglieder unter den Festgästen befinden, dann werden diese üblicherweise vom Gastgeber oder dem Hauptredner begrüßt.

→ **WIE LANGE DARF ICH REDEN?**
Faustregel: 3 bis 5 Minuten. Als Brautmutter oder bester Freund darf es etwas mehr sein. Je mehr Festredner es gibt, desto kürzer sollten Sie sprechen.

→ **GIBT ES EMPFINDLICHE THEMEN?**
Betretenes Schweigen vermeiden Sie, wenn Sie beispielsweise eine frühere Ehe oder peinliche Missgeschicke nicht ansprechen. Machen Sie sich vorher kundig!

Der Anlass ist nicht nur der Grund für Ihre Worte, sondern bestimmt auch weitgehend den Charakter Ihrer Rede. Ihre Ansprache zum runden Geburtstag von Oma oder Opa, Vater oder Mutter werden Sie anders gestalten als die feierlichen Worte zur Verlobung oder Hochzeit eines Freundes oder Arbeitskollegen. Ob Ihre Rede ernst oder beschwingt, ungezwungen oder etwas förmlicher wird, hängt größtenteils vom Anlass ab – und natürlich davon, in welchem Verhältnis Sie zu den Hauptpersonen stehen.

Darüber hinaus bestimmt der Rahmen der Feier, wie festlich Ihre Ansprache ausfällt. Ein nüchterner Raum vermittelt eine andere Stimmung als ein festlich geschmückter Saal einer Gastwirtschaft auf dem Land, eine gemütlich eingerichtete Privatwohnung oder das stilvolle Ambiente eines noblen Restaurants in der Großstadt.

Was kann Ihr »Aufhänger« sein?

Zunächst müssen Sie sich darüber klar werden, über was Sie reden möchten. Es gibt zahlreiche Möglichkeiten wie eine Rede – beispielsweise bei einer Hochzeit oder einem runden Geburtstag – aufgebaut und gestaltet werden kann. In Kapitel 5 (→ S. 64 ff.) finden Sie diverse Vorschläge für Grundgedanken zu den einzelnen Redeanlässen.

Ein beliebtes Vorgehen ist es, ein Zitat in den Mittelpunkt der Rede zu stellen. Ihr Publikum freut sich sicher darüber, wenn es etwas über die Vergangenheit (den Lebensweg, das Kennenlernen) der Hauptpersonen oder des Jubilars hört – zumindest dann, wenn es dabei etwas Neues erfährt. Recherchieren Sie solche persönlichen Details und Situationen im Freundes- oder Familienkreis, wenn Ihnen selbst keine Erlebnisse einfallen.

Ist an dem Tag, als sich das Paar kennenlernte oder der Jubilar geboren wurde, irgendwo in der Welt etwas Aufsehenerregendes passiert? Dann nutzen Sie doch das als Ausgangspunkt Ihrer Rede! Mit ein wenig Fantasie finden Sie sicher den Brückenschlag zum konkreten Anlass. Häufig ergeben sich daraus sehr amüsante Vergleiche. Dasselbe gilt, wenn Sie die Hauptperson (oder -personen) und ihr Leben in Beziehung zu Berühmtheiten aus Literatur, Kunst oder Film setzen.

Natürlich bieten auch Überlegungen zum Anlass selbst Anknüpfungspunkte: Wie hat sich die Auffassung von Ehe in den vergangenen Jahrzehnten gewandelt? Wie werden Geburtstage in anderen Ländern gefeiert? Was bedeutet Konfirmation im ursprünglichen Sinn? Wichtig ist, dass Sie es nicht dabei belassen, sondern auch den Bogen zu persönlichen Erinnerungen, Erlebnissen oder Gefühlen schlagen, sonst wirkt die Rede schnell wie ein trockener Vortrag.

AUF EINEN BLICK

Ideen für die Themenfindung

Vielleicht inspirieren Sie die folgenden Punkte bei der Suche nach einem geeigneten »Aufhänger«:

- → Charaktereigenschaften und Hobbys der Hauptperson/en
- → Zahlen und Fakten, wie zum Beispiel eine Statistik zur Häufigkeit von Eheschließungen für eine Hochzeit oder zu den häufigsten Kindernamen bei einer Taufe
- → gemeinsame Erlebnisse wie Schulbesuche, Studienzeiten, Reisen
- → wichtige Entdecker oder Erfindungen, die einen Bezug zum Beruf der Hauptperson haben
- → Geburtstage von berühmten Persönlichkeiten
- → kuriose Nachrichten aus der Zeitung
- → große Worte und Zitate
- → Lieblingsautor oder -dichter der Hauptperson/en

Bei hohen Geburtstagen ist es üblich, den Lebensweg des Jubilars nachzuzeichnen und sein Lebenswerk zu würdigen. Fragen Sie auch hier beim Ehepartner, bei Familienmitgliedern oder langjährigen Freunden nach interessanten Details oder Anekdoten und würzen Sie damit Ihre Rede.

Sogar Ihr Geschenk können Sie in den Mittelpunkt der Rede stellen, falls Sie sich etwas Außergewöhnliches ausgedacht haben. Schildern Sie, warum die Hauptperson gerade dieses Geschenk unbedingt benötigt oder wie schwierig es war, etwas Besonderes für jemand ganz Besonderen zu finden.

Notieren Sie sich zunächst alle Gedanken zu möglichen Anknüpfungspunkten, auch wenn sie Ihnen abwegig erscheinen mögen. Im zweiten Schritt machen Sie sich Gedanken über die Auswahl und legen den inhaltlichen roten Faden fest. Damit Ihre Rede Hand und Fuß bekommt, ist es nämlich wichtig, dass ein Grundgedanke oder Grundelement immer wieder aufgegriffen wird. Kommen Sie dagegen vom sprichwörtlichen Hölzchen aufs Stöckchen, dann lassen Sie Ihr Publikum vermutlich reichlich verwirrt zurück. Planen Sie deshalb für diesen Teil der Vorbereitung reichlich Zeit ein – er ist der entscheidende!

Wie sich ein roter Faden durch eine Rede ziehen kann, soll hier anhand einer Rede des Vaters zur Verlobung der Tochter durchgespielt werden. Der Vater hat sich dafür entschieden, die Ansprache mit der provokanten Frage »Verlobung – ist das denn nicht ein bisschen altmodisch?« zu eröffnen. Sie bildet den roten Faden für seine Rede. Daran lässt sich auf verschiedene Weise anknüpfen – zum Beispiel mit einem Vergleich zwischen Vergangenheit und Gegenwart: War früher die Verlobung ein unerlässlicher Schritt vor der Hochzeit, verlaufen Beziehungen heute viel weniger förmlich. Dieser Vergleich bietet den Anlass, von der eigenen Verlobung des Redners und von der Beziehungsgeschichte der Tochter zu berichten.

Der Redner könnte im Hauptteil aber auch der Überlegung nachgehen, welche Bedeutung das Ritual der Verlobung hat – allgemein und ganz konkret für das gefeierte Paar. Oder er hat Recherchen über ein paar Prominente angestellt, die sich ebenfalls gerade verlobt haben, und überlegt humorvoll, was deren Leben mit dem seiner Tochter und ihres Freundes zu tun haben könnten.

Wichtig ist, dass der Redner den roten Faden am Ende seiner Rede wieder aufgreift. In unserem Beispiel heißt das, dass die eingangs gestellte Frage beantwortet wird – etwa in dem Sinne, dass eine Verlobung zwar vielleicht altmodisch ist, der Redner sich aber dennoch darüber freut. Daran schließen sich nur noch die obligatorischen Glückwünsche an – und die Rede ist »rund«.

Wenn Sie das Thema Ihrer Rede gefunden haben, dann überlegen Sie als Nächstes, welche weiteren Punkte Sie ansprechen möchten:
Wollen Sie

- auf den Anlass und seine Bedeutung eingehen?
- sich für die Einladung zum Fest bedanken?
- Ihre Beziehung zu den Hauptpersonen erklären und gemeinsame Erlebnisse berichten?
- positive Charaktereigenschaften der Hauptpersonen hervorheben?
- eine besondere Leistung würdigen?
- Gratulationen und gute Wünsche für die Zukunft aussprechen?
- allgemeine Betrachtungen (zum Beispiel über den Sinn des Taufspruchs oder die Zukunft der Ehe) anstellen?

Notieren Sie alle Punkte, die Ihnen wichtig sind. Möglicherweise sprengt es den Rahmen Ihrer Rede, wenn Sie tatsächlich alle Punkte ausarbeiten. Werfen Sie deshalb einen kritischen Blick auf Ihre Liste und überlegen Sie, was besonders wichtig ist und gut zu Ihrem Thema und roten Faden passt. Streichen Sie alles andere – oder behalten Sie es für die nächste Rede im Hinterkopf.

Was interessiert Ihr Publikum?

Jeder Schauspieler weiß, wie sehr mitgehende und mitfühlende Zuschauer das eigene Spiel beflügeln. Und nichts demotiviert mehr als ein offensichtlich gelangweiltes Publikum.

Auch bei einer Rede im privaten Kreis muss das Publikum mitspielen. Eine Rede ist nur dann erfolgreich und wirksam, wenn sie auf den jeweiligen Zuhörerkreis zugeschnitten ist und dessen Wünsche erfüllt. Versetzen Sie sich in die Rolle Ihrer Zuhörer: Unterschiedliche Gruppen wie gute Freunde, nahe Verwandte, enge Kollegen oder weitläufige Bekannte werden ganz unterschiedliche Vorstellungen und Erwartungen an Ihre Ansprache haben.

Falls das Publikum gemischt ist, sollten Sie nicht nur Insider-Wissen zum Besten geben. Sonst weiß vermutlich ein Teil der Gäste nicht, worum es geht, und wirft sich fragende Blicke zu, während die anderen verschwörerisch lächeln. Andererseits ist es auch keine gute Idee, Geschichten oder Anekdoten wieder aufzuwärmen, die schon seit Jahren immer wieder erzählt werden und die jeder in- und auswendig kennt – es sei denn, sie passen ganz besonders gut zu Ihrem roten Faden.

Was meist bestens ankommt, ist, wenn Sie bei den Zuhörern ein »Wir-Gefühl« herstellen können. Das geht besonders gut mit persönlichen Anekdoten, bei denen jeder denkt: »Oh je, das ist mir auch schon passiert!« Schön, wenn die Situation auch noch gut ausgeht: Autoschlüssel verloren, stundenlang gesucht, netter Nachbar hat den Schlüssel gefunden und bei der Polizei abgegeben. Dann atmet das Publikum mit Ihnen auf – und Sie haben es erfolgreich gefesselt.

Generell gilt: Suchen Sie ungewöhnliche Blickwinkel oder erzählen Sie persönliche Beispiele. Beides schafft eine lockere Atmosphäre und bleibt nachhaltiger im Gedächtnis als Allgemeinplätze.

Auf eines dagegen sollten Sie immer verzichten: auf Lobhudelei. Die kommt nämlich gar nicht gut an.

Hier werden Sie fündig

Nachdem Sie Ziel und Thema Ihrer Rede festgelegt und entschieden haben, was Sie noch ansprechen wollen, gilt es, den einzelnen Punkten »Fleisch« zu geben: Zeit für eine Stoffsammlung! Notieren Sie alles, was Ihnen einfällt, selbst scheinbar Unnützliches und Schräges.

Wenn Sie einen Internetzugang haben, geben Sie doch die Schlüsselbegriffe in eine Suchmaschine (www.google.de, www.yahoo.de) ein! Stöbern Sie auch in Zeitschriften, Tageszeitungen und Ihrem Bücherschrank. Gibt es dort etwas, das zu Ihrem Thema und Anlass passt?

Einige Zitate finden Sie hier im Buch (→ S. 122 »Zitate und Verse für alle Anlässe«, s. a. → S. 125 »Bücher, die weiterhelfen«). Wählen Sie Zitate aber sorgfältig aus, denn viele sind inzwischen recht abgedroschen. Verwenden Sie lieber weniger Bekanntes oder solche Aussagen, die in Ihrem Zusammenhang sogar überraschend wirken. Und Vorsicht mit zu vielen Zitaten! Eine bloße Aneinanderreihung erweckt den Eindruck, Sie hätten keine eigenen Ideen.

Halten Sie eigene Gedanken und Zitate anderer gut auseinander. Kein Zitat sollten Sie sich selbst zuschreiben – auch nicht aus Versehen. Es wäre peinlich, wenn es jemand erkennt. Im Gegenteil: Zeigen Sie mit der Nennung des Namens und der Quelle Ihren Respekt und Ihre Kompetenz. Wenn die Quelle des Zitats unbekannt ist, müssen Sie trotzdem nicht darauf verzichten, den Spruch anzubringen. Sie können sagen: »Ein kluger Kopf hat einmal gesagt …« oder »Leider weiß ich nicht, von wem dieser Satz stammt, aber er war so treffend, dass ich ihn hier wiedergeben möchte …«

Übrigens: Beschränken Sie Ihre Suche nach Redestoff nicht auf das geschriebene Wort. Vielleicht geben Ihnen auch Bilder, Zeichnungen oder Videos Ideen für Ihre Rede. Wenn Sie Ihre Funde beim Vortrag zeigen können – umso besser. Ihre Zuhörer werden Ihnen dankbar sein, wenn Sie auch etwas fürs Auge bieten.

Die besten Quellen für Redestoff sind aber immer noch Freunde und die Familie. Fragen Sie dort auch gleich nach, ob es Fotoalben, Briefe oder Schulzeugnisse gibt.

Werden Sie zum Jäger und Sammler

Diese Situation kennen Sie vielleicht: Sie liegen in der Badewanne, sitzen im Bus oder sind gerade beim Einkaufsbummel unterwegs, und plötzlich haben Sie eine Idee, die hervorragend in Ihren Vortrag passen würde. Notieren Sie sich Ihre Einfälle gleich, oder bauen Sie sich zumindest eine Eselsbrücke, damit Sie sich später noch daran erinnern können. Gewöhnen Sie sich an, aufmerksam durch die Welt zu gehen, um Material für Reden zu bekommen. Wenn Sie öfter Reden halten, dann legen Sie einen Ordner mit Themen, Stichworten oder Personen an, den Sie regelmäßig auf den neuesten Stand bringen. Lesen Sie Tageszeitungen, Zeitschriften und Fachartikel aufmerksam, und wenn Sie einen spannenden Artikel finden, dann schneiden Sie ihn aus und legen ihn in dem Ordner ab. Auch Zufallsfunde aus dem Alltag wie Melodien, Hits, Sprüche auf Werbeplakaten oder Gags aus Funk und Fernsehen bereichern Ihren Fundus. Und natürlich Zitate von Prominenten aus Politik, Kunst, Musik, Sport oder Mode.

TIPP

Besorgen Sie sich ein Notizbuch!

→ Kaufen Sie sich ein kleines Notizbuch, das in jede Hosentasche oder Handtasche passt. Halten Sie darin gute Einfälle oder witzige Begebenheiten, unterhaltsame Gespräche und besondere Erlebnisse fest. Stichworte genügen meist. Sie können jedoch auch ausführliche Beschreibungen notieren.

Lassen Sie sich inspirieren!

Wenn Ihnen bei der Redevorbereitung erst einmal nichts einfallen will, können Sie mithilfe von Kreativitätstechniken ganz gezielt Ideen erzeugen. Die meisten Kreativitätstechniken, wie die hier vorgestellten Methoden »Brainstorming« und »Mindmapping«, bestehen aus zwei Bereichen: der Ideenfindung und der Ideenbewertung. Für den ersten Schritt, die Ideenfindung, sollten Sie eine knappe halbe Stunde einplanen. Gut 45 Minuten benötigen Sie dann für die anschließende Ideenbewertung und Eingrenzung.

Brainstorming

Das Brainstorming können Sie in einer Gruppe mit Freunden oder Familienangehörigen oder alleine durchführen.

1. Notieren Sie alles auf einem großen Blatt Papier, was Ihnen zum Thema einfällt, und zwar ohne »Schere im Kopf«, also ohne Bewertung. Eine Idee wird zum Auslöser für die nächste. Was Sie bei der Ideenfindung aufschreiben, darf ruhig absurd oder schräg sein.
2. Überlegen Sie dann, ob die Ideen etwas zu Ihrem Thema beitragen können. Diese Punkte sortieren Sie und stellen Verbindungen zwischen ihnen her. Damit ist oft schon der erste Schritt zur fertigen Rede getan.

Mindmapping

Beim Mindmapping (Gedanken-Karte) entwickeln Sie nicht nur Themenideen für Ihre Rede, sondern gleich auch eine vorläufige Struktur.

1. Schreiben Sie das Thema Ihrer Rede (beispielsweise »Hochzeit von Christiane und Karl«, »Geburtstag von Esther« oder »Omas Tod«) in die Mitte eines großen Blattes Papier und ziehen Sie einen Kreis darum. Nun lassen Sie Ihrer Fantasie freien Lauf und notieren alle Gedanken – und zwar in Form von Ästen, die von dem ursprünglichen Kreis ausgehen. Als Zweige und kleinste Zweiglein wachsen wie bei

einem Baum die Nebengedanken bzw. Unterthemen an den Ästen. Lassen Sie beliebig viele Zweige wachsen.

2 Wenn Sie all Ihre Einfälle aufgeschrieben und die Ideenfindung abgeschlossen haben, nummerieren Sie die Äste je nach Wichtigkeit (Ideenbewertung). Daraus ergibt sich die Gliederung Ihrer Ansprache. Ihre Mindmap können Sie natürlich auch über mehrere Tage anlegen und immer mal wieder darüber schlafen.

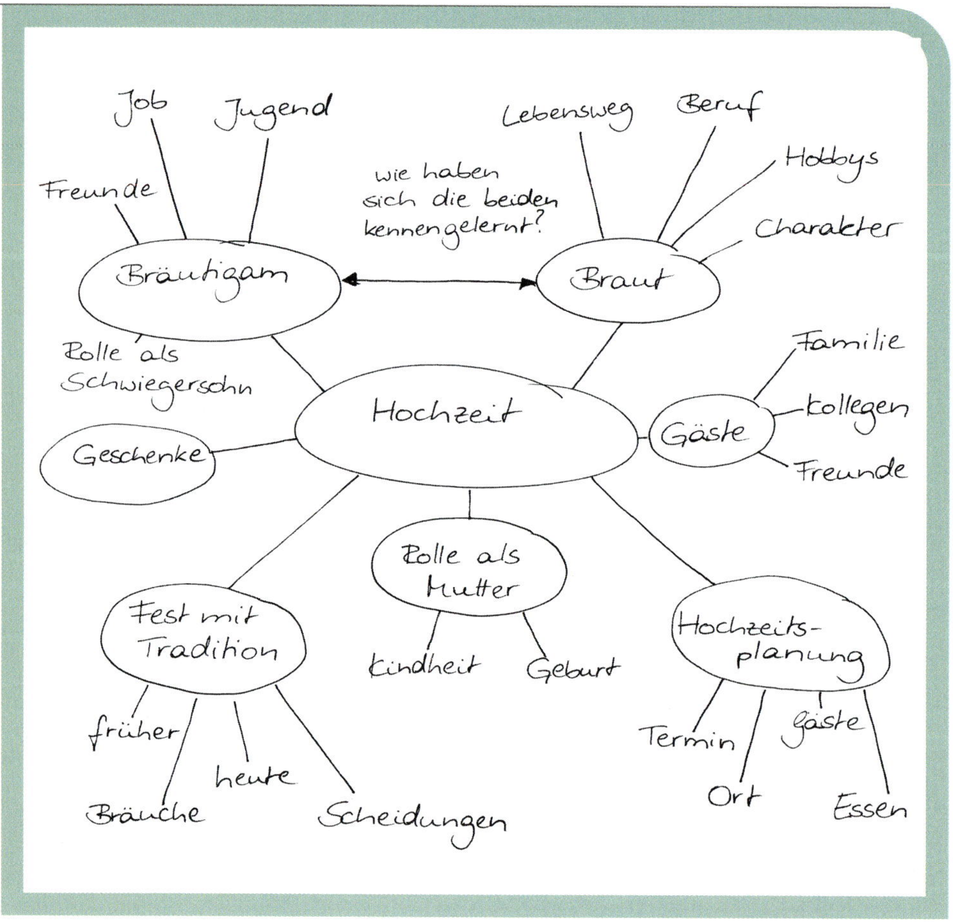

Extra: Die Rede auflockern

Als Redner lassen Sie vor allem mit Worten Bilder in den Köpfen der Zuhörer entstehen. Sie können aber zusätzlich Dias, kleine Filme, Fotos oder Erinnerungsstücke einsetzen. Wenn Sie sich dafür entscheiden, dann halten Sie früh genug Ausschau nach geeignetem Material. Schauen Sie in Ihre Fotosammlung und fragen Sie bei Freunden und Verwandten nach Dias oder Filmen.

Bei einer Hochzeitsrede können Sie beispielsweise Braut und Bräutigam vorstellen und dazu charakteristische Kinder- und Jugendfotos zeigen. Wenn Sie dann in Ihrer Rede auf das Kennenlernen der beiden und die bislang verbrachte gemeinsame Zeit zu sprechen kommen, können Sie das Gesagte ebenfalls mit Bildern und – falls vorhanden – kurzen Videoaufnahmen untermalen, oder Sie spielen das Lieblingslied des Paares kurz an. Sogar in die Zukunft können Sie die Zuhörer blicken lassen: indem Sie das reiselustige Brautpaar beispielsweise in ein Bild von ihrem nächsten Urlaubsziel – die ägyptischen Pyramiden oder den Strand in Thailand – »hineinmontieren«.

Setzen Sie die einzelnen Stücke gezielt und lediglich zur Auflockerung ein: Zu viele Bilder oder Musikstücke überfrachten die Rede und machen sie nicht anschaulicher, sondern verwirrender. An eine Fülle von Material erinnert sich niemand, aber an einzelne, eindrückliche Beispiele umso mehr.

Wenn es passt, können Sie in Ihrer Rede auch Erinnerungsstücke zeigen: den geliebten Teddybär, ein abgegriffenes, weil viel gelesenes Buch oder Sportgeräte, die stellvertretend für ein Hobby stehen (zum Beispiel Tennisschläger oder Skistiefel).

Häufig eignet sich das gesammelte Material sogar als dauerhaftes Andenken an den großen Tag. Machen Sie doch Ihre Rede, sauber abgeschrieben und mit Bildern und sonstigen Fundstücken versehen, zu einem außergewöhnlichen Geschenk!

Auf den Punkt gebracht – der Aufbau

Wenn Sie Ihre Materialsammlung abgeschlossen haben, geht es an die Gliederung: Sortieren Sie Ihre Notizen, und machen Sie sich Gedanken darüber, was alles den Anfang, den Hauptteil und den Schluss Ihrer Rede bilden soll. Geben Sie Ihrer Ansprache eine Struktur, indem Sie die Anekdoten, persönlichen Daten und Hintergrundgeschichten in eine logische Reihenfolge bringen. Jeder einzelne Punkt sollte sich aus dem vorhergehenden entwickeln.

Bei dieser Aufgabe müssen Sie auch entscheiden, was Sie weglassen und worauf Sie auf keinen Fall verzichten können oder wollen. Packen Sie nicht alle Informationen, die Sie mühsam gesammelt haben, in Ihre Rede. Es geht nicht um Quantität, sondern um Qualität. Verlieren Sie nicht den Mut, wenn der erste Anlauf noch keine absolut schlüssige Gliederung ergibt. Lassen Sie den Entwurf liegen. Eine Pause wirkt oft Wunder und bringt neue Ideen, auch für die Anordnung der Gliederungspunkte. Der endgültige Aufbau ergibt sich häufig erst beim Formulieren der Rede. Wichtig ist nur, dass die Reihenfolge schlüssig ist und der Aufbau für die Zuhörer nachvollziehbar wird. Ihre inhaltlichen Schwerpunkte dürfen nicht so wirken, als seien sie zufällig zusammengewürfelt worden.

Die drei Bausteine der Rede

Haben Sie schon einmal vom »AHA-Prinzip« gehört? Es besagt nichts anderes, als dass jede Rede sich in A wie Anfang, H wie Hauptteil und A wie Abschluss unterteilen lässt. Dieses klassische Gliederungsprinzip einer Rede geht auf berühmte antike Redner wie Sokrates, Platon, Aristoteles und Cicero zurück.

A **ANFANG** Mit einer knappen Einleitung versucht sich der Redner das Wohlwollen des Publikums zu sichern, gibt eine Hinführung auf das Thema und versucht gleichzeitig, Spannung aufzubauen und die Zuhörer neugierig zu machen auf das, was noch kommt. Eine gute Einleitung ist deshalb schon die halbe Miete.

H **HAUPTTEIL** Auf die Einleitung folgt der Hauptteil. Er führt aus, was in der Einleitung schon angefangen wurde, und enthält das eigentliche Anliegen der Festrede. Im Mittelpunkt stehen Ihre Gedanken zum Anlass. Die Hauptgedanken sollen klar erkennbar und durch schlüssige Übergänge verbunden sein.

A **ABSCHLUSS** Zum Schluss fasst der Redner das Gesagte noch einmal kurz zusammen. Anfang und Ende umgeben den Hauptteil wie eine Art Klammer, deshalb ist es wichtig, dass sowohl die Einleitung als auch der Schluss das eigentliche Thema harmonisch abrunden. Am Ende der Rede sollten Sie möglichst noch ein Highlight bringen. Am besten eignet sich dazu eine Anekdote, die das Publikum zum Lachen bringt. Der Abschluss kann das Publikum aber auch zu einer Handlung veranlassen – beispielsweise das Glas zu erheben und auf das Wohl des Jubilars oder des Brautpaares zu trinken.

Achten Sie darauf, dass die einzelnen Teile Ihrer Ansprache zeitlich ausgewogen sind, denn nur dann wirkt die Rede »rund«. Als Faustregel für den zeitlichen Aufbau gilt folgende Aufteilung:

- → Einleitung: 10 bis maximal 20 Prozent
- → Hauptteil: 70 bis maximal 80 Prozent
- → Schluss: 5 bis maximal 10 Prozent

Eine Gliederung schafft Ordnung

Gliedern Sie Ihre Rede für das Publikum so, dass sie klar und nachvollziehbar ist und die Gäste mühelos folgen können. In der Literatur finden Sie eine Vielzahl von bewährten Standardgliederungen, die sogenannten Redeformeln, an denen Sie sich für die Strukturierung Ihrer Rede gut orientieren können.

Die Fünf-Punkte-Formel

Die fünfteilige Variante gilt als die bekannteste Redeformel. Ursprünglich wurde sie für den Überzeugungsvortrag entwickelt. Bewährt hat sie sich jedoch auch beim Sachvortrag und bei Gelegenheitsreden im Rahmen von privaten Anlässen. An die Fünf-Punkte-Formel können Sie sich auch halten, wenn Sie bei einer Diskussion spontan sprechen wollen. So sieht die gebräuchlichste Variante aus:

1. INTERESSE WECKEN Zu Beginn der Einleitung gewinnt der Festredner die Aufmerksamkeit des Publikums, etwa mit einer rhetorischen Frage («Was denken Sie? Warum haben Marie und Jens geheiratet?«) oder einem treffenden Zitat.
2. ANLIEGEN SCHILDERN Auch dieser Punkt gehört noch zur Einleitung. Meist wird hier der Anlass der Rede genannt, also der Geburtstag oder die bestandene Prüfung. Das Anliegen des Redners ist meist, Glück zu wünschen oder den Geehrten zu würdigen.
3. BEGRÜNDUNGEN UND BEISPIELE BRINGEN Dieser Punkt betrifft den gesamten Hauptteil, in dem der Redner zum Beispiel Gründe dafür nennt, weshalb die Ehe des Jubelpaares bereits 25 Jahre hält oder was den Verlust des Bruders besonders schmerzlich macht. Je treffender und persönlicher die Beispiele sind, mit denen diese Punkte untermauert werden, desto aufmerksamer wird das Publikum zuhören.
4. FAZIT Das Fazit steht am Schluss der Rede und fasst die vorher genannten Punkte noch einmal zusammen: »Ich bin sicher, dass die beiden eine glückliche Ehe führen werden, weil sie offen und ehrlich miteinander umgehen und schon viel Routine haben.«
5. AUFFORDERUNG ZUM HANDELN Häufig wird die Rede mit einem Toast beendet: »Lasst uns jetzt gemeinsam das Glas erheben und auf den neuen Erdenbürger trinken.«

Die GGGG-Formel

Bei Ansprachen zu Jubiläen und Geburtstagsfeiern wird gerne das viergliedrige GGGG-Prinzip verwendet:

G **GRUSS** Beispielsweise wird die Geburtstagsgesellschaft willkommen geheißen: »Mein lieber Josef, liebe Familie, liebe Gäste ...«

G **GRUND** In diesem zweiten Schritt wird der Anlass des Festes genannt: »Wir feiern heute den 60. Geburtstag von Josef ...«

G **GESCHICHTEN** Im Hauptteil der Rede geht der Laudator auf die persönliche Geschichte und den Lebensweg des Jubilars sowie auf gemeinsame Erlebnisse und Erfahrungen ein. »Wie Ihr vielleicht wisst, haben Josef und ich uns vor genau 44 Jahren kennengelernt. In der Lehre, beim Meister Erwin. Der erste Tag in der Schreinerwerkstatt war die Hölle! Oder nicht, Josef? ...«

G **GLÜCKWUNSCH** Schließlich findet die Rede mit dem vierten »G« ihr eigentliches Ziel: Das kann der Glückwunsch selbst sein («Alles Gute und mach weiter so«), aber auch die Übergabe eines Geschenks.

Die Drei-Zeiten-Formel

Die Drei-Zeiten-Formel eignet sich besonders für Reden mit einem abschließenden Blick in die Zukunft. Das einfache Gliederungsprinzip lautet: gestern, heute, morgen.

Bei einer Hochzeitsrede, die diesem Schema folgt, geht der Redner nach der Begrüßung beispielsweise auf die Eheschließung in früheren Zeiten ein. »Früher wurden Ehen nicht immer wegen der Liebe geschlossen, das waren oftmals Vernunftentscheidungen. Bei euch beiden ist davon jedoch keine Rede ...« Davon ausgehend bietet sich der Bezug zu »heute« und der Hochzeit an. Der Ausblick auf das »Morgen« kann dann die Pläne des Paares wie die Hochzeitsreise in die Tropen oder den Kinderwunsch und die damit zusammenhängende Veränderung im Leben beinhalten.

Ran ans Papier!

3 Die Rede ausarbeiten

→ Die Gliederung steht, das gesammelte Material ist den einzelnen Punkten zugeordnet. Nun gilt es, diese Überlegungen, Anekdoten und guten Wünsche auszuformulieren – und zwar so lebendig und bildreich, dass die Zuhörer später an Ihren Lippen hängen. Keine Angst vor dem leeren Blatt – Schritt für Schritt ist das Ausarbeiten Ihrer Rede ganz leicht!

Dem Anlass entsprechend: Länge und Ton

Kennen Sie das? Da steht jemand am Rednerpult und redet und redet und redet. An Langatmigkeit ist die Ansprache nicht zu überbieten, und Sie hoffen insgeheim, dass der Redner möglichst schnell zum Ende kommt. So etwas soll Ihnen nicht passieren! Und das wird es auch nicht, wenn Sie sich vorher ein paar Gedanken zur richtigen Länge und zum passenden Stil Ihrer Rede machen.

Lieber kurz und prägnant

»In der Kürze liegt die Würze.« Da sich die Zuhörer auf die angekündigten Programmpunkte freuen und Ihre Rede selbst ja nie der Höhepunkt des Festes ist, sollten Sie nicht länger als 10 Minuten reden. Als anzustrebendes Ziel gelten sogar nur 5 Minuten.

Falls mehrere Redner da sind, sollten Sie höchstens 3 bis 5 Minuten Redezeit veranschlagen. Sonst ermüden die Zuhörer. Falls Sie nicht wissen, ob mehrere Ansprachen geplant sind, gestalten Sie Ihre Rede so, dass Sie sie spontan straffen können. Besser: vorher erkundigen!

Achten Sie deshalb schon beim Schreiben darauf, dass die Rede nicht ausufert. Setzen Sie gezielte Höhepunkte, statt endlos eine Geschichte nach der anderen zum Besten zu geben.

Als Faustregel zur Zeitberechnung gilt: Eine DIN-A4-Seite, eineinhalbzeilig beschrieben, ergibt etwa 2 bis 3 Minuten Redezeit. Lesen Sie Ihre Rede also vorher einmal laut vor, so dass Sie sehen, wie viel Zeit Sie brauchen, und kürzen Sie dann gegebenenfalls.

Der Ton macht die Musik

Je nach Anlass der Feier und der Stelle im Programm, an der Sie sprechen sollen, gestalten sich natürlich auch Tonfall und Duktus der Rede. Während Ansprachen bei silbernen oder goldenen Hochzeiten meist einen feierlichen Ton haben, dürfen Geburtstagsreden oder Toasts bei Einweihungspartys durchaus humorvoll sein.

Die Trauerrede ist hingegen ein Spezialfall mit eigenen Gesetzen. Halten Sie sich an die Grundregel, über Verstorbene nur Gutes zu sagen. Bemühen Sie sich außerdem, echtes Gefühl auszudrücken, vermeiden Sie Pathos sowie nichtssagende Phrasen, und fassen Sie sich kurz.

Nicht nur der Anlass bestimmt die Botschaft Ihrer Rede, auch das Publikum spielt eine Rolle. Wenn hauptsächlich junge Leute zu den Festgästen zählen, dann wird Ihre Ansprache sicher etwas lockerer und weniger förmlich sein, als wenn sich bei einem 80. Geburtstag das Publikum vor allem aus gleichaltrigen Freunden und Verwandten des Jubilars zusammensetzt oder wenn Sie bei der offiziellen Geburtstagsfeier Ihres Vorgesetzten sprechen.

Einen persönlichen Ton dürfen Sie in jedem Fall anschlagen, denn im Gegensatz zu politischen Auftritten oder geschäftlichen Terminen müssen Sie weder argumentieren noch jemanden von etwas überzeugen. Vielmehr geht es darum, Ihren Gefühlen Ausdruck zu verleihen und über Ereignisse, Geschichten oder amüsante Begebenheiten zu berichten, die mit dem Jubilar oder dem Brautpaar in Zusammenhang stehen.

Hüten Sie sich aber davor, die Vorzüge und Stärken der Hauptperson allzu sehr in den Vordergrund zu rücken, denn das könnte als Lobhudelei ausgelegt werden. Gefühle hingegen sind ein elementarer Bestandteil Ihrer Festworte und ausdrücklich erwünscht: Sprechen Sie von Ihrer Freude, Liebe, Rührung oder auch Trauer. Doch auch hier gilt: Halten Sie Maß! Ihre Rede soll schließlich weder ein nüchterner, mit Fakten gespickter intellektueller Vortrag, noch sentimental sein.

Vom Anfang bis zum Ende: Alles aus einem Guss

Beim Ausformulieren der Rede heißt es, das gesammelte Material mit dem sprichwörtlichen »roten Faden« zu einem stimmigen Ganzen zu verweben. Erinnern Sie sich daran, was Sie sich ganz zu Anfang als Aufhänger oder Thema der Rede überlegt haben, und bauen Sie diesen Gedanken immer wieder in die Rede ein. Damit Sie den roten Faden im wahrsten Sinne des Wortes nicht aus den Augen verlieren, können Sie ihn auf eine hübsche Karte schreiben und an einer Stelle aufhängen, die Sie beim Schreiben immer im Blick haben.

Vergessen Sie bei der Vorbereitung Ihrer Ansprache nie, immer wieder Bezug auf den Jubilar oder das Brautpaar zu nehmen, denn Ihre Rede ist ja sehr persönlich. Sie soll Ihre Verbundenheit ausdrücken und eine angenehme Atmosphäre schaffen.

Zum Auftakt: die knappe Begrüßung

Die ausschweifende Aufzählung sämtlicher Festgäste lädt die Zuhörer gleich anfangs dazu ein, gedanklich auszusteigen. Überlegen Sie sich lieber, an wen Sie die Rede vor allem richten wollen: etwa an das Geburtstagskind und seine Ehefrau oder an das Brautpaar und seine Gäste. »Liebe Barbara, lieber Andreas: Der Tag, auf den ihr so lange gewartet habt, ist heute endlich da.«

Falls Sie zu Beginn Ihrer Rede einzelne Festgäste beim Namen nennen möchten, dürfen Sie keinen der so genannten VIPs (very important persons) vergessen, also Ehrengäste wie Pfarrer oder Bürgermeister.

Vermeiden Sie bei der Begrüßung stereotype und passive Formulierungen wie »Ich möchte Sie begrüßen«. Begrüßen Sie einfach. Lange, streng formelle Begrüßungsformeln sind nicht mehr in. Namentlich angesprochen werden in aller Regel nur noch die Hauptpersonen: »Liebe Sigrun, lieber Thomas« und eventuell anwesende Ehrengäste. Alle anderen Gäste in neutraler Form: »Liebe Gäste«, »verehrte Gäste« oder »verehrte Hochzeitsgesellschaft«.

Mit einer kurzen, einfach gehaltenen Begrüßung können Sie nichts falsch machen. Formell gesehen ist es ausschließlich das Recht des Gastgebers alle Gäste zu begrüßen. Einfachen Gratulanten steht lediglich zu, den Gastgeber und die Hauptperson anzusprechen. Sind Sie nicht der Haupt- oder der erste Redner, können Sie meist auf die Begrüßung der Honoratioren verzichten.

Der gelungene Einstieg

Ob Ihre Ansprache beim Publikum ankommt und Sie die Festgäste mit Ihrer Rede unterhalten können, hängt maßgeblich vom Beginn Ihres Auftritts ab. Deshalb sollten die ersten Sätze nach der Begrüßung der Festgäste ganz konkret und passend Ihr Redeziel umschreiben und dann zum Hauptteil überleiten. Wie in vielen Situationen im privaten und beruflichen Alltag gilt auch hier: Der erste Eindruck zählt! Und nicht nur das – er bleibt auch im Gedächtnis haften. In den ersten 100 Sekunden prägen Sie die Erwartungshaltung der Zuhörer. Deren Aufmerksamkeit gewinnen Sie nicht mit einem 0815-Einstieg, sondern mit einem originellen Beginn. Damit machen Sie die Festgäste neugierig und schaffen eine angenehme Atmosphäre. Der einfachste Weg dahin: Bringen Sie die Zuhörer schon mit den ersten Sätzen zu einem Lächeln und am besten zu einem Beifall. Mit Humor legen Sie eine gute Basis für die kommenden Minuten und die Gäste kommen gar nicht erst auf den Gedanken, Ihrer Ansprache nicht zuhören zu wollen.

> Wie man **startet**, so bleibt man im Rennen.
>
> [Sprichwort]

Bei manchen Anlässen aber wie beispielsweise einer Taufe, einer Kommunion oder einer Konfirmation ist ein unspektakulärer Einstieg sicher angemessener. Schlagen Sie hier einen etwas ernsteren Ton an und beginnen Sie nicht mit humorigen Anekdoten.

Tüfteln Sie ruhig an Ihrer Einleitung herum. Probieren Sie verschiedene Varianten aus, bis Sie mit Ihrem Einstieg glücklich und zufrieden sind. Dabei ist es nicht so bedeutend, ob Sie mit einem geistreichen Zitat beginnen, gleich zum eigentlichen Thema kommen oder mit den Glückwünschen anfangen. Nehmen Sie Ihre Stoffsammlung zur Hand, darin werden Sie fündig. Halten Sie den Einstieg kurz und knapp. Lernen Sie die ersten Sätze auswendig, das gibt Ihnen Sicherheit.

Beginnen Sie nicht mit Allerweltsphrasen oder Floskeln wie »Meine Mutter hat mich gebeten, ein paar Worte zu sagen« oder »Als Ehemann soll ich jetzt etwas zum 60. Geburtstag meiner Frau sagen.« Das klingt so, als ob Sie zur Rede genötigt werden und es Ihnen unangenehm ist.

Der stimmige Hauptteil

Wenn Sie mit der Einleitung das Interesse der Zuhörer geweckt haben, dann geht es im Hauptteil darum, die Spannung aufrechtzuerhalten und den Vortrag lebendig zu gestalten. Führen Sie sich bei der Ausarbeitung des Hauptteils noch einmal vor Augen, was das Publikum gerne hören möchte. Es ist sicher nicht an einem trockenen, sachlichen Vortrag interessiert, sondern möchte unterhalten werden. Einen Gedanken nach dem anderen monoton zu referieren ist deshalb nicht angebracht. Erzählen Sie stattdessen wenige, persönliche Anekdoten oder amüsante Situationen, und schaffen Sie so kleine, dramaturgische Höhepunkte. Dadurch setzen Sie immer wieder gezielt spannende Akzente und veranschaulichen zudem den Charakter, die Stärken und vielleicht sogar liebenswerte Macken des Geehrten und Ihr Verhältnis zu ihm. Benutzen Sie deshalb von Ihrer Materialsammlung nur die aussagekräftigsten Punkte und wirklich charakteristischen Ereignisse – auch wenn es schwerfällt.

Eine weitere Möglichkeit die Rede spannend zu machen, haben Sie mit den sogenannten rhetorischen Stilmitteln (→ S. 51).

Der Hauptteil enthält alle Gedanken, die Sie den Festgästen mitteilen möchten. Er führt inhaltlich das aus, was in der Einleitung begonnen wurde und enthält das eigentliche Anliegen der Rede: Gedanken zum Anlass und zu den Hauptpersonen. Ihre einzelnen Leitgedanken müssen für das Publikum klar erkennbar sein und schlüssige und passende Übergänge haben. Der Hauptteil ist das Filetstück Ihrer Rede und muss deshalb überzeugend, deutlich und verständlich darlegen, was Sie persönlich wissen, meinen und fühlen. Vermeiden Sie Brüche in der logischen Abfolge und Abschweifungen bzw. Exkurse vom Thema, denn die Gäste sind sonst irritiert und können nicht folgen, oder setzen Sie diese Stilelemente ganz gezielt ein, um das Publikum »aufzuwecken«.

Der runde Schluss

Der Schlussteil einer Rede fasst die Gedanken des Redners noch einmal zusammen und rundet die Ansprache ab. Deshalb muss das Ende genauso gut vorbereitet sein wie die Einleitung und der Hauptteil und sollte dem Publikum noch etwas Besonderes bieten. Planen Sie für die Formulierung des Schlussteils genügend Zeit ein und bereiten Sie ihn sorgfältig vor. Ein Schuss Humor und ein Lacher zum Abschluss bringen fast immer den gewünschten Effekt. Und da zeigt sich dann, ob höflicher Beifall gespendet wird oder tosender Applaus, denn das, was

Ihre Zuhörer zuletzt hören, bleibt ihnen im Gedächtnis.

Wenn Sie am Ende Ihrer Ansprache auf den Anfang Bezug nehmen, wirkt das Ganze gefällig und rund. Sie können auch ein passendes Zitat, eine kleine Geschichte oder eine Mini-Anekdote als Schlussvariante wählen.

Wichtig ist vor allem Eines: Formulieren Sie Ihren Schlusssatz knapp und prägnant, denn ihm gilt der Applaus der Gäste. Machen Sie sich deshalb Gedanken darüber, an welche Teile oder Punkte Ihrer Rede sich Ihre Zuhörer später noch erinnern sollen und welche Botschaft Sie ihnen mit auf den Nachhauseweg geben wollen. Den freundlichen Kontakt zum Publikum, den Sie in den wenigen Minuten aufgebaut haben, sollten Sie nutzen. Sprechen Sie mit Ihrem Schlusssatz Herz und Verstand an, dann erreichen Sie Ihr Ziel: eine gelungene und eindrucksvolle Rede.

Eines ist ganz wichtig: Wenn Sie zum Schluss Ihrer Rede gekommen sind, dann kommen Sie bitte auch wirklich zum Ende, und setzen Sie einen für das Publikum erkennbaren Schlusspunkt. Gegen dieses Prinzip wird häufig verstoßen: Viele Redner nehmen das nahende Ende zum Anlass, Geschichten nachzuschieben oder bereits im Hauptteil genannte Beispiele zu wiederholen und ausufernd weiterzuerzählen. Solche Extraschleifen und peinlichen Verzögerungen kommen bei den Festgästen nicht gut an, denn sie stellen sich auf den Schluss ein und konzentrieren sich noch einmal voll auf den Redner. Diese Aufmerksamkeit sollten Sie nutzen und Ihren vorbereiteten Schluss auch tatsächlich sofort preisgeben.

TIPP

Schluss wörtlich festlegen

→ Formulieren Sie das Ende Ihrer Rede genauso aus wie den Anfang und lernen Sie es am besten auswendig. Sie können sogar zwei oder drei verschiedene Fassungen vorbereiten und je nach Situation die passende vortragen. Das erlaubt es Ihnen, flexibel auf die Stimmung der Zuhörer zu reagieren.

Verzichten sollten Sie auf beliebte Floskeln wie »Jetzt bin ich am Ende«, »So, das war's jetzt von meiner Seite aus« oder »Meine Damen und Herren, Sie dürfen nun klatschen«.

Oft enden Festreden mit einem Toast, auf den hin alle Anwesenden ihr Glas erheben, um auf die Hauptpersonen des Tages anzustoßen. Hat Ihr Vorredner seine Ansprache ebenfalls mit einem Trinkspruch beendet, sollten Sie Ihr Ende so variieren, dass es sich von den anderen abhebt. Deshalb ist es sinnvoll, sich bereits vorher mehrere Schlussvarianten zu überlegen.

Extra: Konzentration ist alles!

Geht Ihnen das Schreiben nicht so leicht von der Hand? Schweifen Ihre Gedanken immer wieder von der ungewohnten Aufgabe ab? Keine Sorge: Konzentration lässt sich üben. Das menschliche Gehirn

TIPP

Zeitfressern keine Chance geben

→ Telefonieren, kochen und einkaufen, Rasen mähen, Reifen wechseln, Wäsche waschen, Müll rausbringen, Freunde besuchen oder zur Vereinssitzung gehen... Alle diese Dinge müssen sicherlich erledigt werden, eignen sich aber auch hervorragend dazu, sich ablenken zu lassen. Besonders dann, wenn ungewohnte Aufgaben wie die Vorbereitung einer Rede anstehen, erscheinen sie auf einmal dringend: »Ich muss nur noch schnell...«

Hier ist Disziplin gefragt: Nehmen Sie sich – je nach Umfang Ihrer Festrede – jeden Tag eine halbe Stunde Zeit für die Vorbereitung Ihrer Ansprache. Tragen Sie diese Vorbereitungszeit als festen Termin in Ihren Kalender ein und arbeiten Sie ihn auch so ab. Dann haben die Zeitfresser keine Chance bei Ihnen.

ähnelt einem Muskel. Je mehr es gefördert und gefordert wird, desto leistungsfähiger wird es. Trainieren Sie Ihre grauen Zellen deshalb, so oft es geht. Lösen Sie beispielsweise anspruchsvolle Zahlen- und Kreuzworträtsel, oder versuchen Sie einmal, einen Text rückwärts zu lesen, und zwar Buchstabe für Buchstabe.

Legen Sie regelmäßig Pausen ein. Nur wenn Sie den Kopf frei haben, können Sie Ihre Aufmerksamkeit und Ihre Konzentration gezielt auf eine Aufgabe lenken. Verbeißen Sie sich bei Ihrer Rede-Vorbereitung deshalb nicht stundenlang in Ihr Manuskript oder die Materialsammlung, sondern legen Sie regelmäßig Pausen ein. Der optimale Zeitrhythmus liegt bei etwa 90 Minuten konzentrierter Arbeit und 15 bis 20 Minuten Entspannung. Wenn Sie sich zunächst nicht so lange konzentrieren können, dann fangen Sie mit kürzeren Arbeitsphasen an, für die Sie sich konkrete Ziele setzen. Nehmen Sie sich beispielsweise vor, einen Teil Ihrer Rede zu formulieren, und erledigen Sie dies so schnell und so gut wie möglich. Allein dieser Vorsatz reicht aus, dass Sie sich automatisch stärker und besser konzentrieren.

Der stilistische Feinschliff

Für den Erfolg einer Rede ist selbstverständlich der Inhalt ganz entscheidend. Genauso wichtig ist aber das »Wie«. Achten Sie deshalb auf Ihre Sprache: Sie sollte deutlich, verständlich und dem Redeziel angemessen sein, damit Sie dem Publikum Ihre Gedanken und Anliegen verständlich machen können.

Lebhafte Formulierungen appellieren an die Sinne der Zuhörer. Die Festgäste sollen das Gesagte nicht nur mit den Ohren aufnehmen, sondern es mit dem geistigen Auge sehen, am eigenen Körper spüren, es riechen und schmecken. An solch unmittelbare Eindrücke und Beschreibungen erinnern sich die Gäste noch lange. Halten Sie sich an die arabische Lebensweisheit, derzufolge ein guter Erzähler seine Zuhörer mit den Ohren sehend macht.

Wenn Sie unsicher sind, ob die geschriebenen Sätze auch gesprochen gut klingen und beim Publikum ankommen, dann lesen Sie sich den Text selbst vor oder bitten Sie eine vertraute Person, sich als »Versuchskaninchen« zur Verfügung zu stellen. Die Teamarbeit hat den Vorteil, dass Sie sofort eine Rückmeldung bekommen und eventuelle kritische Punkte verändern oder ganz herausnehmen können.

Finden Sie Ihren persönlichen Redestil

Stilistischer Feinschliff heißt nicht, dass Sie alle erdenklichen sprachlichen Feinheiten einsetzen müssen, um eine möglichst literarische Rede zu halten. Sie wirken nur dann authentisch und überzeugend, wenn Sie Ihre eigene Art des Vortrags bewahren, keine einstudierten Worte oder Gesten benutzen und eine Rede halten, die zu Ihrer persönlichen Art und zu Ihrem Auftreten passt. Was man an Fantasie und Einfühlungsvermögen, an Charme und Natürlichkeit in sich trägt, das ist der Garant für einen persönlichen Redestil.

Vor einem Publikum, das Sie nicht so gut kennen – etwa bei öffentlichen Anlässen oder im Büro –, können Sie sich vielleicht noch ein wenig verstellen. Bekannte aber kennen Ihren Charakter, wissen, welche Fähigkeiten Sie haben und wie Sie normalerweise reden. Wenn das Publikum merkt, dass der Redner ungekünstelt spricht und nicht versucht, ein anderer zu sein, dann ist es auch bereit, die eine oder andere rednerische Unbeholfenheit nachzusehen. Sie werden außerdem merken: Je öfter Sie kurze oder längere Grußworte oder Festreden halten, desto sicherer werden Sie und finden Ihren individuellen Stil.

Sprechen ist nicht gleich Lesen

Ein zum Lesen gedachter Artikel in Zeitschriften, Magazinen oder Tageszeitungen ist vollkommen anders aufgebaut und formuliert als ein zum Sprechen und Hören gedachter Text. Schreiben Sie deshalb Ihre Rede in Form eines Hörtextes: Beschreiben Sie das, was Sie sagen wollen, mit Ihren eigenen Worten. Folgen Sie dem Prinzip: »Kompliziertes einfach sagen!«

Ein gedruckter Text kann mehrmals gelesen werden, Gesagtes hingegen wird nur einmal gehört. Ihre Zuhörer haben nicht die Möglichkeit, an den Anfang zurückzukehren und den Text so lange zu lesen, bis sie ihn verstanden haben. Scheuen Sie sich deshalb nicht vor Wiederholungen. Sie helfen Ihnen, dem Publikum die wichtigsten Gedanken nahezubringen und sie im Gedächtnis zu verankern. Wiederholungen machen eine Rede nicht langweiliger, nur einprägsamer.

3

Prägnante Sätze

Die meisten Menschen benutzen beim Reden kürzere Sätze, beim Briefeschreiben hingegen ergeben sich häufig mehrere Zeilen umfassende Bandwurmkonstruktionen. Denken Sie an die Ohren Ihrer Familie und Freunde, und verwenden Sie ihnen zuliebe bei Ihrer Rede deutlich kürzere Sätze als in einem geschriebenen Text. Komplizierte Schachtelsätze mit zahlreichen Einschüben können die Festgäste nicht behalten – die Folge: Sie steigen gedanklich aus und hören nicht mehr zu.

Formulieren Sie deshalb Ihr Grußwort oder Ihre Laudatio in kurzen, knappen und verständlichen Sätzen, und entwickeln Sie einen hörbaren Sprachstil. Schreiben Sie Ihre Sätze als sprechbare Gedankenschritte. Denken Sie bereits bei der Zeichensetzung an Sprechpausen. Meiden Sie Klangwiederholungen in aufeinanderfolgenden Wörtern – es sei denn, Sie beabsichtigen damit einen besonderen Effekt.

Verwenden Sie möglichst keine Sätze, die aus vielen Nebensätzen und Einschüben bestehen. Ein Beispiel: »Ich kann die Gedanken meiner Schwester gut verstehen, denn wenn ich mich recht erinnere, hat sie schon früher, damals, als wir noch Kinder waren und uns zusammen ein Zimmer geteilt haben, das immer völlig unordentlich war, gesagt, dass sie später niemals wieder mit jemandem ein Schlafzimmer teilen möchte. Und schon gar nicht mit einem Mann.«

Statt solch einem nahezu undurchdringlichen Geflecht von Satzgliedern sollten Sie grammatikalisch gleichwertige kurze Sätze bilden und die inhaltliche Ordnung durch die Reihenfolge festlegen. Oben zitierter Satz könnte in mehrere Sätze aufgeteilt werden und dann so lauten: »Ich kann die Gedanken meiner Schwester gut verstehen. Schließlich haben wir uns als Kinder ein Zimmer geteilt. Und wie Sie sich denken können, war das nicht immer ganz ordentlich. Damals hat sie deswegen gesagt, dass sie niemals wieder ein Schlafzimmer mit jemandem teilen möchte. Und schon gar nicht mit einem Mann.«

Tempo und Spannung Ihrer Rede werden vom Rhythmus der Sätze bestimmt. Deshalb bietet es sich an, zwischen längeren und kürzeren Sätzen abzuwechseln, um ein munteres Tempo zu erreichen. Die Festgäste schätzen solch ein Wechselspiel.

Beherzigen Sie folgende sprachlichen Feinheiten:

- Formulieren Sie kurze und klar strukturierte (Haupt-)Sätze: »Meine Schwester wollte eigentlich nie heiraten, doch offensichtlich hat sie es sich anders überlegt.«
- Machen Sie nur *eine* Kernaussage in einem Satz, das macht die Rede transparenter: »Aber Meinungen und Einstellungen können sich ja mit der Zeit ändern.«
- Reißen Sie zusammengehörende Satzteile nicht auseinander: »Ich war, als ich von den plötzlichen Hochzeitsplänen gehört habe, doch sehr überrascht.« Besser: »Ich war überrascht, als ich von den plötzlichen Hochzeitsplänen gehört habe.«

- Benutzen Sie einfache, alltagsübliche Formulierungen. Die Festgäste verstehen diese besser als das sogenannte »Beamtendeutsch«. Statt: »Kraft meines Amtes als Brautvater sehe ich es als meine Aufgabe an ...« können Sie sagen: »Ich als Brautvater ...«.
- Vermeiden Sie Fachausdrücke.
- Verwenden Sie Verben statt Substantive.
- Meiden Sie Füllwörter (eigentlich, also, irgendwie), banale Adjektive (schwerwiegend, interessant, aktuell) und Konjunktive («Ich könnte sagen ...« oder »Ich würde mal so sagen ...«).
- Benutzen Sie Fremdwörter und Abkürzungen nur nach Kenntnisstand der Zuhörer.
- Bereiten Sie Zahlen verständlich auf: Sagen Sie: »rund 1/3« statt: »33,9 Prozent«.
- Verzichten Sie auf gängige Schlagworte und Fremdwörter: Zu groß ist die Gefahr, dass Tante Erna oder Oma Luise beliebte Modeworte wie »echt fett« oder »mega-out« nicht verstehen. Suchen Sie deshalb auch für Fremdworte möglichst deutsche Begriffe. Es ist nämlich ein Gerücht zu glauben, dass eine mit Fremdwörtern gespickte Rede auf einen hohen Bildungsgrad des Redners schließen lässt.

3

TIPP

Lieber verdreht

→ Wenden Sie auch als Amateurredner die Tauschmethode an. Dabei setzen Sie den Begriff oder die Aussage, die dem Publikum im Gedächtnis bleiben soll, an den Schluss des Satzes. Sagt man bei einer Geburtstagsfeier seinem Onkel: »Onkel Emil ist zwar sehr witzig, aber er trinkt zu viel«, dann hinterlässt das keinen guten Eindruck. Viel netter klingt es so: »Onkel Emil trinkt zwar ganz gern mal einen, aber er ist sehr, sehr witzig.«

Je bildhafter, desto besser

Für die Gäste sind konkrete Inhalte besser zu verstehen und vor allem zu behalten als allgemein gehaltene Aussagen. Statt »Das Brautpaar geht gerne essen« konkretisieren Sie das Gesagte: »Ilse und Werner essen am liebsten thailändisch, also recht scharf und mit exotischen Gewürzen wie Koriander und Zitronengras.«

Ziehen Sie aktive Satz-Konstruktionen dem Passiv vor (»Wir gratulieren Onkel Herbert« statt: »Onkel Herbert wird heute zum Geburtstag gratuliert«), und versuchen Sie das unpersönliche »man« zu vermeiden: »Wir feiern« statt »Man darf heute Geburtstag feiern«. So können sich Ihre Zuhörer bildlich vorstellen, wer eigentlich gemeint ist.

Manche Redner neigen dazu, ihre Sätze mit Hauptwörtern zu spicken. Dieses sogenannte »Beamtendeutsch« – »Bruno hat unseren Respekt und unsere Achtung verdient, weil er mit großem Willen, Einsatz und Engagement ...« klingt nicht gut und schmälert den Hörgenuss. Benutzen Sie lieber Verben und Adjektive: »Wir schätzen und mögen Bruno, weil er immer da ist, wenn es etwas zu tun gibt«. Ihre Rede wird dadurch anschaulicher, lebendiger und verständlicher.

Lebendige Sprache

Rhetorische Stilmittel – ist das nicht etwas für Profis? Nein: Obwohl diese Figuren seit der Antike besonders zur Ausschmückung von Reden eingesetzt werden, benutzt sie fast jeder unbewusst auch in der Alltagssprache. Und zwar immer dann, wenn die eigenen Worte lebendiger, verständlicher oder eindrucksvoller wirken sollen.

Nutzen Sie diese Wirkung für Ihre Ansprache! Redefiguren sind die Politur, mit der Sie Ihre Worte auf Hochglanz bringen. Sie lockern auf, erzeugen Spannung, verstärken den Inhalt und sorgen dafür, dass sich Ihre Rede einprägt. Zudem lassen rhetorische Mittel in der Vorstellung Ihres

ÜBUNG

Neue Perlen
für den Wort-Schatz

Verzichten Sie auf ständig eingesetzte (Lieblings-)Wörter und erweitern Sie Ihren aktiven Wortschatz:

- Spielerisch können Sie das beim Lösen von Kreuzworträtseln oder beim Scrabble (Buchstabenspiel, bei dem Wörter gelegt werden) üben.
- Suchen Sie zu Substantiven, die auf -ung, -keit oder -heit enden, die passenden Verben, und bilden Sie damit Sätze.
- Machen Sie eine sogenannte Wortfeld-Übung. Nehmen Sie beispielsweise das Wort »Ehe« und notieren Sie sich alle Begriffe, die Ihnen dazu in den Kopf kommen wie Hochzeit, Trauung, gemeinsamer Lebensweg… Spielen Sie das gleiche Prinzip auch mit den Worten »Fest«, »Gäste« und »Geschenke« durch.

Publikums anschauliche Bilder entstehen. In Reden von Politikern oder beim Lesen von Romanen werden Sie oft auf rhetorische Figuren stoßen. Achten Sie einmal bewusst darauf und notieren Sie sich die pfiffigsten. Auf diesen Stilmittelschatz können Sie dann zurückgreifen, wenn Sie Ihrer Rede den sprachlichen Feinschliff verleihen. Aber auch hier gilt: Verwenden Sie die Stilmittel gezielt und sparsam, sonst kommen die einzelnen Redefiguren nicht voll zur Geltung, und der Effekt verpufft. Außerdem wirkt die Festrede schnell gekünstelt und überfrachtet. Versuchen Sie, Ihrem persönlichen Stil treu zu bleiben.

Besonders gut kommen beim Publikum rhetorische Fragen an – also Fragen, die keine Antwort brauchen oder deren Antwort allgemein bekannt ist: »Haben sich Carola und Reiner tatsächlich getraut, sich trauen zu lassen?« Gerade, wenn Sie eine rhetorische Frage an den Anfang der Rede stelle, beziehen Sie die Zuhörer mit ein und steigern die Aufmerksamkeit. Mit der Antwort leiten Sie elegant zum Hauptteil Ihrer Rede mit Geschichten und persönlichen Erlebnissen über: »Ich kann's immer noch nicht recht glauben. Denn bei einem Grillfest letztes Jahr hatte zumindest Reiner noch behauptet, dass er keinen Trauschein braucht, um glücklich zu sein.«

Ein weiterer Profi-Trick ist die Frage: »Wussten Sie eigentlich, dass ...?« Benutzen Sie sie als Einleitung für ungewöhnliche oder überraschende Fakten oder Erlebnisse, und verblüffen Sie Ihr Publikum. Spannung wecken Sie bei den Zuhörern mit Rätseln oder Geheimnissen, die Sie an den Anfang Ihrer Rede stellen und erst viel später auflösen. Machen Sie beispielsweise geheimnisvolle Andeutungen zu einem Geschenk, das Sie zum Schluss der Rede überreichen. Das sichert Ihnen beinahe automatisch von Anfang bis Ende Aufmerksamkeit.

Überraschende Momente bringen Sie auch mit ironischen Aussagen ins Spiel, wenn sich also Aussage und Bedeutung unterscheiden. Behaupten Sie »Die Braut ist ja eine Frühaufsteherin!«, obwohl alle wissen, dass sie am liebsten vor zehn Uhr gar nicht aufstehen würde, haben Sie die Lacher auf Ihrer Seite. Allerdings setzt Ironie bei den Zuhörern denselben Wissenshintergrund voraus wie beim Redner. Wenn das Publikum nichts davon weiß, dass die Braut Langschläferin ist, dann läuft der Scherz ins Leere. Und Vorsicht: Ironie grenzt schnell an beißenden Spott und Sarkasmus. Beides sollten Sie in Ihrer Rede vermeiden.

Auch mit Witzen ist das so eine Sache: Einige Rhetorikprofis schlagen vor, die Rede mit Witzen zu »tunen«. Klar, damit schaffen Sie eine lockere und positive Atmosphäre, und ein herzhafter Lacher ist Ihnen garantiert. Aber der Schuss kann auch leicht nach hinten losgehen. Falls Sie einen Witz erzählen, muss er zum Anlass passen, und niemand darf gekränkt werden. Ganz entscheidend für die Wirkung: Nehmen Sie die Pointe nicht vorweg!

Häufig eingesetzte Redefiguren

- **ALLITERATION** (Stabreim): aufeinanderfolgende Wörter, die mit demselben Buchstaben beginnen: »Eigentlich gilt für Frauen ja: Kinder, Küche, Kirche. Du, liebe Claudia, hast dich eher an die drei Ds gehalten: Diplom, Doktorhut und Dieter.«
- **ANAPHER** (Wiederholung am Satzanfang): »400000 Paare heiraten jährlich. 400000 Paare können nicht irren. 400000 Paare – ihr, Beate und Jörg, seid eines davon.«
- **ANTITHESE** (gedanklicher Gegensatz): »Die Ersten werden die Letzten sein. – Dieser Satz bewahrheitet sich bei Claus: Zwar war er der Erste in der Clique, der eine Frau anschleppte, aber nun ist er der Letzte, der den Sprung wagt und heiratet.«
- **HYPERBEL** (Übertreibung): erzielt eine besondere, häufig gefühlsmäßige Betonung wie bei »todmüde«, »eiskalt« oder »überpünktlich«.
- **METAPHER** (bildhafte Übertragung): sehr bekannte Figur, die – mitunter schwer verständliche – Sachverhalte illustriert: »Mit der Geburt von Aline ist eine neue Seite in eurem Lebensroman aufgeschlagen worden.«
- **PARENTHESE** (Einschub): »Das ist – wie gesagt – jetzt gerade nicht so wichtig.«
- **RHETORISCHE FRAGE** (Frage, die die Antwort schon beinhaltet): eines der wirksamsten sprachlichen Mittel zum Beginn der Rede: »Habe ich das nicht immer schon gesagt?« oder »Auf was warten wir noch?«
- **SUGGESTIVFRAGE**: legt den Zuhörern die Antwort quasi in den Mund: »Schätzen Sie das auch so ein, dass die beiden viele nette Kinder bekommen werden?« oder »Habe ich nicht recht, wenn ich …?«
- **VERGLEICH**: eignet sich zur Verdeutlichung von Zahlen, die sonst oft trocken und langweilig wirken: »30 Jahre wird Robert heute. Für eine Eintagsfliege ist dieses Alter zwar unvorstellbar, aber eine Eiche lacht darüber.«

4 Der große Augenblick: Die Rede halten

→ Über eines sollten Sie sich keine Gedanken machen: über Perfektion. Das wird von Ihnen als Laudator bei privaten Feiern nicht erwartet. Wichtig ist nur, dass Sie sich selbstbewusst und authentisch präsentieren, also ganz Sie selbst bleiben. Als Redner, der durchaus auch seine (rhetorischen) Schwächen eingestehen kann, wirken Sie umso glaubwürdiger und sympathischer.

Eine überzeugende Gesamtwirkung

Auch wenn Sie noch so aufgeregt sind: Wichtig für einen erfolgreichen Auftritt ist eine positive Stimmung zwischen Ihnen als Redner und dem Publikum. Treten Sie dem Auditorium mit Wohlwollen und Achtung gegenüber, dann antwortet es im Gegenzug mit Sympathie.

Beginnen Sie erst mit Ihrer Festrede, wenn das Publikum zur Ruhe gekommen ist. Setzen Sie Ihre Stimme dosiert ein und steigern Sie sie allmählich. Einige bewusste tiefe Atemzüge helfen Ihnen, am Anfang sicherer und lockerer zu werden.

Die Technik überprüfen

Falls Sie Ihre Ansprache zur Hochzeit oder beim Geburtstag mit Dias, kleinen Filmausschnitten, Musikstücken oder einem kurzen Video garnieren möchten, dann sollten Sie sich mit den Hilfsmitteln vorher vertraut machen. Ganz wichtig: Prüfen Sie, ob Beamer, Film- oder Videogeräte, CD-Player oder Kassettenrekorder technisch einwandfrei funktionieren. Klären Sie auch, ob es genügend Steckdosen und Verlängerungskabel gibt. Wenn Sie Ihren eigenen Laptop nutzen, dann sollten Sie vorab die Kompatibilität mit dem vorhandenen Beamer überprüfen. Installieren Sie alle Geräte und Hilfsmittel rechtzeitig vor dem Beginn Ihrer Rede. Vergewissern Sie sich auch über deren Standort: Alle Festgäste müssen auf die Leinwand oder die von Ihnen gezeigten Objekte sehen können. Sonst kommt Unmut auf, und es kann während Ihrer Rede unruhig im Saal werden.

Technik ohne Tücken

Folgende Regeln sollten Sie beim Einsatz von Dias, Bildern oder Powerpoint-Einspielungen beachten:

- Vergewissern Sie sich vorher, dass die Technik einsatzbereit ist.
- Stellen Sie sich nicht zwischen den Projektor und die Leinwand oder die Lautsprecherboxen.
- Sprechen Sie zu den Zuhörern gewandt und nicht zur Projektionsfläche hin.
- Zeigen Sie nicht zu viele Bilder und lassen Sie sie lange genug wirken.
- Wenn Sie auf bestimmte Stellen oder Details hinweisen wollen, dann können Sie dazu Ihre Hand, einen Stift oder einen Laserpointer als »Zeiger« benutzen.
- Falls Sie Auszüge aus Texten verwenden wollen, wählen Sie kurze Passagen, sonst wird aus Ihrer Rede eine Lesung. Am besten verwenden Sie nur Schlagworte oder Zitate.

Der Körper redet mit

Wer am Rednerpult steht, steht im Mittelpunkt. Dabei nimmt das Publikum nicht nur das Gesagte wahr, sondern auch den optischen Eindruck. Über Ihre Körperhaltung, Ihre Gestik und Mimik vermitteln Sie ganz unterschiedliche Botschaften – bewusst oder unbewusst.

Damit Sie glaubwürdig wirken, sollten Körperhaltung, Bewegung und inhaltliche Aussage zueinander passen. Ihr Gegenüber kann anhand Ihrer ausgesendeten Körpersignale abschätzen, ob Sie sich in Ihrer Haut wohlfühlen oder nicht. Eine aufrechte Haltung, ein direkter Blick zeugen von rednerischem Selbstbewusstsein. Ein schiefes Lächeln, hängende Schultern oder eine leise Stimme signalisieren Unsicherheit.

Wenn Sie ständig Ihre Hände kneten oder hin- und herlaufen, dann weiß das Publikum, dass Sie nervös sind.

Vor allem Gefühle lassen sich wie bei einem Spiegel direkt im Gesicht ablesen – ob Sie sie sprachlich formulieren oder nicht. Emotionen wie Freude, Angst, Unsicherheit, Ironie oder Spaß sieht man Ihnen an. Setzen Sie Ihre Mimik bewusster ein als sonst, aber bleiben Sie trotzdem natürlich dabei.

Da Gestik, Mimik und Körperhaltung meist unbewusste Handlungen sind und man sich selbst ja nur vor einem Spiegel direkt beobachten kann, könnten interessierte und neugierige Leser einmal eine Selbstanalyse per Video machen: Damit werden Sie sich Ihrer individuellen Bewegungen, Ihres Mienenspiels und Ihrer Körpersprache bewusster.

Die Rede wirkt dann lebendig und der Gesamteindruck ist stimmig, wenn sich die Aussagen und die Bewegungen des Redners decken. Behalten Sie dafür folgende Regeln im Hinterkopf:

→ Halten Sie Ihre Rede möglichst im Stehen. Stellen Sie sich zu Beginn des Vortrags mit leicht gespreizten Beinen und lockeren Knien hin, halten Sie den Oberkörper aufrecht und ruhig, und entspannen Sie Ihre Schultern. Kehren Sie während des Vortrags immer wieder in diese Grundhaltung zurück.

→ Den Händen kommt beim Reden die Hauptrolle zu: Sie erläutern und unterstreichen das Gesagte. Wedeln Sie möglichst nicht wild mit ihnen in der Gegend herum, aber verstecken Sie sie genauso wenig in Jackett- oder Hosentaschen.

→ Vermeiden Sie es, ständig die Brille zurechtzurücken oder an Nase oder Ohr zu reiben. Spielen Sie nicht mit Stiften, Schmuck oder Ihren Stichwortkarten.

→ Wenden Sie dem Publikum nicht den Rücken zu.

→ Halten Sie Blickkontakt zu den Zuhörern.
Wenn Sie die Festgäste ansehen, wirkt die Situation sympathisch und persönlich. Schauen Sie jedoch nicht immer Ihre Mutter, den Onkel,

Ihren besten Freund oder die nette Nachbarin an, sondern gehen Sie »blockweise« vor. Das wirkt für den Einzelnen so, als hätten Sie ihn direkt und persönlich angesprochen.

Mit der Stimme Stimmung machen

Die Stimme verändert sich wie die Atmung je nach Gemütsverfassung und Körperhaltung: Sie kann gereizt, nervös und angespannt oder ruhig, angenehm klar und entspannt klingen. Die Sprachmelodie wird durch die Tonhöhe, die Lautstärke und das Sprechtempo inhaltlich erweitert. Die Gestaltungsmöglichkeiten sind unerschöpflich.

Experimentieren Sie mit Ihrer Stimme! Probieren Sie Ihre Rede zum Beispiel einmal laut und tief, dann wieder leise und hoch. Das gibt Ihnen ein Gefühl dafür, was Sie mit der Stimme bewirken können.

Die Basis: tief Luft holen

Warum füllt die Stimme eines Tenors ganze Opernhäuser? Das Geheimnis liegt in der Bauchatmung, die für eine volle und tönende Stimme sorgt. Versuchen Sie einmal, die Luft durch die Nase einzuatmen und bis zum Bauchnabel zu leiten. Wenn Sie die Hände auf den Bauch legen, merken Sie, wie er sich hebt und senkt. Nutzen Sie diese Technik für die Redesituation: Die Bauchatmung entspannt den Körper, trägt zur inneren Ruhe bei und hilft so, Lampenfieber und Nervosität zu bekämpfen. Wenn Sie dagegen bei Ihrer Rede die flache Brustatmung einsetzen, dann besteht die Gefahr, dass Ihnen die Luft ausgeht und Sie geräuschvoll einatmen. Zu Beginn Ihrer Laudatio kann das passieren, weil Sie nervös sind. Versuchen Sie stattdessen in den Bauch zu atmen, bleiben Sie ruhig und entspannt, und sprechen Sie ohne Hektik. Lassen Sie sich Zeit, es kommt bei einer Rede nicht wie bei einem 100-Meter-Sprint auf Hundertstelsekunden an.

Regieanweisungen

→ Markieren Sie Ihr Manuskript mit farbigen Ausrufezeichen – etwa rot für »Stimme«, blau für »Atmen« oder grün für »Pause«. Dann passiert es Ihnen weniger leicht, dass Sie immer schneller werden und sich verhaspeln oder sogar das Luftholen vergessen.

Klar und deutlich

Zu leises Sprechen ist meist ein Zeichen von Schüchternheit. Sollten Sie dazu neigen, sprechen Sie einen Tick lauter und deutlicher, als Sie es von Ihren alltäglichen Gesprächen her gewohnt sind. Erschrecken Sie nicht vor Ihrer eigenen Stimme, sondern erleben Sie Ihre Stimmkraft positiv: als gute Möglichkeit, andere zu erreichen und ihnen etwas mitzuteilen. Beim Sprechen am Mikrofon reicht Zimmerlautstärke aus. Halten Sie dabei einen konstanten Abstand zum Mikrofon, damit der übertragene Ton gleichmäßig ankommt. Sonst haben Ihre Zuhörer das Gefühl, dass Sie Ihre Lautstärke ständig verändern.

Je größer der Raum ist, desto klarer und deutlicher sollten Sie sprechen, damit Sie verstanden werden und keine Sinnentstellungen zustande kommen. Generell gilt: Sprechen Sie laut, deutlich und natürlich. Vermeiden Sie alles Gekünstelte und Übertriebene.

Achten Sie darauf, dass kleine Angewohnheiten oder Marotten wie Stöhnen, Seufzen, Jammern oder das klassisch rhetorische »Äh« oder »Ehm« nicht in Ihrer Rede auftauchen. Falls Sie dazu tendieren, helfen nur Disziplin und Selbstkontrolle: Nehmen Sie Ihre Stimme auf Kassette auf, oder üben Sie mit Freunden. In beiden Fällen werden Sie auf überflüssige »Ähs« oder kleine Stöhner aufmerksam gemacht. Versuchen Sie dann im zweiten Durchgang an der Stelle eine kleine Pause zu machen, an der Sie beim ersten Versuch noch ein »Äh« untergebracht haben.

Vielleicht ist Ihnen schon aufgefallen, dass viele Menschen bei manchen Buchstaben-Kombinationen kleinere Schwächen haben. Achten Sie auf die Konsonanten. Wenn harte Konsonanten weich oder weiche hart ausgesprochen werden, stört das die Hörer. Vokalverschiebungen hingegen werden eher als regionale Färbung empfunden. Wenn Sie öfter Silben verschlucken oder zum Nuscheln neigen, dann können Sie Ihre Aussprache durch Training verbessern. Die Zuhörer schalten ab, wenn ein Redner zu undeutlich spricht. Endsilben sollten Sie deutlich aussprechen und »fei-ern« statt »feirn« sagen.

Keine Monotonie aufkommen lassen

Wenn Sie nicht als langweiliger oder monotoner Sprecher auftreten, sondern wie TV-Ansagerinnen oder Radioreporter brillieren wollen, dann sollten Sie alle Register ziehen – gemäß dem Sprichwort »Der Ton macht die Musik.« Je nach Anlass können Sie in Abstufungen zwischen lautem Poltern und Flüstern sprechen. Mithilfe von Tonfall, Betonung und Satzmelodie verdeutlichen Sie Dinge, die in einem geschriebenen Text visualisiert sind: Doppelpunkt, Unterstreichung, Absatz, Frage- oder Ausrufezeichen. Ihre Festgäste können das alles nicht sehen. Durch Ihre wechselnde Stimmführung machen Sie diese visuel-

TIPP

Dialekt darf schon sein

→ Niemand verlangt von Ihnen, dass Sie Ihre Grußworte oder die Ansprache auf Hochdeutsch halten, wenn Sie sonst schwäbisch, bayrisch oder hessisch reden. Es ist besser, seinen Dialekt nicht zu verleugnen und auf ein gestelztes, einstudiertes Hochdeutsch zu verzichten, mit dem man sich eher blamieren kann. Natürlich muss die Aussprache deutlich sein. Verzichten Sie möglichst auch auf wenig gebräuchliche Wörter Ihres Dialekts, damit Ihnen möglichst alle Zuhörer inhaltlich folgen können.

len Hinweise jedoch hörbar und die Rede dadurch spannend.

Das Tempo ist für Sie als Redner eines der wichtigsten Gestaltungsmittel. Die Grunddynamik hängt vom Thema, der Situation und den Zuhörern ab. Sie können wählen zwischen gedehnt langsamer bis hin zu schneller, stakkatoähnlicher Wortfolge. Variieren Sie während Ihrer Ansprache das Tempo: Je wichtiger ein Gedanke ist, umso langsamer sollte er ausgesprochen werden. Durch Tempoverzögerungen können Sie zusätzlich Spannung erzeugen.

TIPP

Machen Sie mal Pause!

→ Pausen sind wichtige rhetorische Mittel, die die einzelnen Abschnitte der Festrede sinnvoll gliedern, Spannung erzeugen, Höhepunkte vorbereiten und Gelegenheit zum Luftholen bieten. Sprechpausen – am besten nach dem Ausatmen – beugen zu schnellem und hektischem Sprechen vor und bringen Kraft und Ruhe zurück.

Viele Redner sprechen zu schnell. Das kann an Nervosität, Unsicherheit, zu wenig Redezeit oder mangelndem Interesse an den Zuhörern und dem Thema liegen. Wenn Sie zu schnell sprechen, wird die Aufnahmefähigkeit des Publikums überfordert und wichtige Aussagen kommen nicht an. Ein Indiz für zu schnelles Sprechen ist, wenn Sie nach Luft »schnappen« müssen oder wenn Sie fragende Blicke im Publikum wahrnehmen. Falls Sie eher ein Schnellsprecher sind, können Sie auch einen Freund unter den Festgästen bitten, Ihnen ein vorher besprochenes Zeichen zu geben, wenn das Sprechtempo zu hoch wird. Schalten Sie dann wie beim Autofahren einen Gang zurück.

Ganz wichtig für Schnellsprecher sind Pausen. Machen Sie deshalb folgende Übung: Nehmen Sie einen Text und markieren Sie die Stellen, an denen Sie Pausen machen wollen, mit einem Farbstift. Lesen Sie den Text dann langsam vor und halten Sie alle Pausen ein. Je öfter Sie so trainieren, desto leichter fällt Ihnen das Innehalten im Ernstfall.

Keine Angst vor der Angst

Gleich vorneweg zum Trost: Lampenfieber hat beinahe jeder. Selbst erfahrene Redner, die besten Schauspieler und mit allen Wassern gewaschene Politiker sind vor öffentlichen Auftritten nervös: Sie spüren ein körperliches Unwohlsein, zittern, haben Schweißausbrüche, wackelige Knie, Herzflattern, einen flauen Magen und würden am liebsten davonrennen … Weshalb sollte es Ihnen da anders ergehen, wenn Sie im Rampenlicht stehen und alle gespannt auf Ihre Rede warten? Die entscheidende Frage ist: Wie gehen Sie am besten mit Ihrer Aufregung um und wie bekommen Sie die Nervosität in den Griff?

Lampenfieber positiv nutzen

Vergeuden Sie keine wertvolle Energie, um gegen Ihre Aufregung und das Kribbeln im Bauch anzugehen, und lassen Sie sich dadurch nicht verunsichern. Das in Ihrem Körper aufgrund der Stresssituation angesammelte Adrenalin bewirkt, dass Sie voll konzentriert sind. Ein ge-

TIPP

Denken Sie positiv!

→ Nutzen Sie Ihr Lampenfieber als Triebfeder und Konzentrationshilfe. Denken Sie positiv und sagen Sie sich Sätze wie »Ich bin gut vorbereitet«, »Mir kann nichts passieren« oder »Das habe ich letztes Mal auch bestens geschafft«. Beantworten Sie Fragen wie »Fällt mir auch das Richtige ein?«, die Ihnen plötzlich in den Kopf kommen, positiv: »Na klar, für ein paar Minuten reicht mein Wissen immer.«

wisses Maß an Anspannung und ein bestimmter Grad an Erregung sind notwendig, um geistige Höchstleistungen zu erzielen.

Die besten Mittel gegen das im Volksmund genannte »Fracksausen«: Bereiten Sie sich gut vor und arbeiten Sie an einer positiven inneren Einstellung. Sagen Sie sich nicht: »Oh, ist das schrecklich, vor so vielen Menschen reden zu müssen«, sondern: »Das ist eine gute Möglichkeit für mich zu sagen, was ich fühle und denke.«

Mit einer derart veränderten Haltung bekommen Sie Ihr Lampenfieber gut in den Griff. Außerdem haben Sie als Festredner bei einer Familienfeier ohnehin nichts zu befürchten. Oder können Sie sich etwa vorstellen, dass Ihre Zuhörer in Buh-Rufe ausbrechen? Wohl nicht. Im Gegenteil: Sie werden Beifall von allen Seiten ernten.

Die positive Einstellung ist das Wichtigste. Um aber in der konkreten Situation die Nervosität abzubauen, können Sie sich ein wenig vom Trubel der Feier zurückziehen und entspannen. Machen Sie zum Beispiel einen kurzen Spaziergang oder ein paar Lockerungsübungen. Und lassen Sie die Hände vom Alkohol! Ein Gläschen Sekt gönnen Sie sich besser nach Ihrer Rede, wenn Sie sich nicht mehr konzentrieren müssen. Weitere Tipps zum Umgang mit Lampenfieber finden Sie auf der vorderen Umschlagklappe dieses Buches.

Der Umgang mit Blackouts

Auch wenn Sie es sich jetzt kaum vorstellen können: Die Nervosität legt sich meist nach einigen Sätzen am Rednerpult und von Minute zu Minute werden Sie sicherer. Trotzdem können noch kleinere Missgeschicke passieren – selbst bei der besten Vorbereitung. Aber keine Sorge, das ist kein Beinbruch. So etwas passiert selbst den ausgebufftesten Profis.

Kleine Pannenhilfe für Reden

→ **SIE STEHEN VÖLLIG VERKRAMPFT**
Lassen Sie die Schultern locker, ziehen Sie die Schulterblätter nicht zusammen. Stehen Sie aufrecht und bleiben Sie dabei locker in den Knien.

→ **SIE ATMEN HEKTISCH**
Atmen Sie bewusst durch die Nase ein und lassen Sie die Luft tief in den Bauch fließen.

→ **IHRE UNTERLAGEN FALLEN HERUNTER**
Sammeln Sie sie in Ruhe ein. Bleiben Sie ganz ruhig und kommentieren Sie das Malheur mit einer lockeren Bemerkung.

→ **SIE WERDEN ROT**
Bleiben Sie gelassen und akzeptieren Sie diese Form der Nervosität. Sie legt sich nach ein paar Minuten.

→ **SIE VERSPRECHEN SICH**
Gehen Sie darüber hinweg. Nur bei einer Sinnentstellung empfiehlt es sich, den Versprecher zu korrigieren und eventuell noch einmal von vorn anzufangen.

→ **DAS TREFFENDE WORT FÄLLT IHNEN NICHT EIN**
Fahren Sie mit einer Umschreibung fort.

→ **SIE REDEN ZU SCHNELL**
Machen Sie Pausen, um ruhiger zu werden und sich zu sammeln.

→ **SIE HABEN ETWAS VERGESSEN**
Ergänzen Sie das, was Sie vergessen haben, bei passender Gelegenheit oder tragen Sie es nach.

→ **SIE BLEIBEN IM TEXT HÄNGEN**
Machen Sie eine Pause. Das Publikum hat Zeit zum Nachdenken und Sie auch. Fassen Sie das Gesagte noch einmal zusammen.

Überlegen Sie vor Ihrer Rede, wie Sie während des Vortrags reagieren können, wenn es nicht so läuft, wie es soll. Dann geraten Sie im Fall der Fälle nicht in Panik, sondern bleiben souverän. Und: Bewerten Sie Kleinigkeiten wie Versprecher oder unbeholfene Formulierungen nicht zu hoch. Gefördert wird die Aufregung auch durch zu hohe Erwartungen, die Sie an sich selbst stellen. Reduzieren Sie zunächst einmal Ihren eigenen Erfolgsdruck: Das ist ein wichtiger Schritt, der hilft, Verspannungen und Verkrampfungen zu vermeiden.

Es gibt zwei Punkte, an denen Redner besonders leicht ins Trudeln kommen: Gleich am Anfang, wenn sich die Nervosität noch nicht gelegt hat und die Vortragsmitte, wenn das Schlimmste eigentlich schon überstanden ist. Dann tendieren viele Referenten dazu, in eine Grübel- und Zweifelphase zu geraten und sich zu fragen: »Schaut da nicht Tante Erna gelangweilt?« oder »Bin ich vom Thema abgekommen?« Selbst wenn Sie einmal kurz abschweifen sollten oder den roten Faden verlieren: Niemand wird es Ihnen übel nehmen.

Ein Tipp für eine solche Situation: Notieren Sie sich bereits bei der Vorbereitung für kritische Situationen oder an Stellen, die Ihnen nicht so leicht von den Lippen gehen, Erinnerungshilfen. Etwa in Form von bunten Markierungen wie Ausrufezeichen oder Sternchen oder auch kleinen Zeichnungen und Symbolen wie Haus, Geldstück oder Geschenkschleife. Sobald Ihr Blick etwa auf das gezeichnete Haus fällt, wissen Sie: »Da wollte ich doch die Geschichte mit dem Umzug bringen«. Oder bei der Schleife ist klar: »Hier will ich auf das Geschenk eingehen«.

Was auch passiert (und meistens passiert ja überhaupt nichts Schlimmes): Nehmen Sie die Sache von der humorvollen Seite. Damit lässt sich jede Situation meistern. Und am sympathischsten wirken Sie auf das Publikum ohnehin, wenn Sie über sich selbst lachen können. Wie sagte noch der Philosoph Nietzsche: »Wir müssen die Dinge lustiger nehmen, als sie es verdienen.« Recht hat er.

5 Musterreden und Textideen für jeden Anlass

→ Die wichtigsten Grundlagen zum Aufbau und zur Gestaltung von Festreden, zu Stil und Sprache sowie verschiedene Tricks und Tipps gegen Lampenfieber und Blackouts kennen Sie bereits. Nun können Sie loslegen. Lassen Sie sich von den folgenden Musterreden anregen, und schöpfen Sie aus der Fülle von Ideen das, was Sie für Ihre ganz persönliche Ansprache brauchen!

Besondere Reden
für besondere Anlässe

Die folgenden Reden zeigen beispielhaft, welche Worte Familienmitglieder oder Freunde bei festlichen Gelegenheiten aller Art – auch zu traurigen Anlässen – wählen könnten. Sie sind so angelegt, dass Sie die Vorlagen an Ihre spezielle Situation, die Umgebung und die Rahmenbedingungen anpassen können. Dabei helfen Ihnen die fortlaufenden Kommentare, denn sie machen die Gliederung und Ideenabfolge der Ansprachen deutlich. Wenn Sie sich davon leiten lassen, können Sie das Gerüst ganz leicht mit eigenen Anekdoten, Erinnerungen und Einfällen ausfüllen. Es ist auch möglich, einzelne Sätze oder ganze Passagen aus den Musterreden herauszunehmen und sie neu zusammenzustellen.

Falls Sie damit liebäugeln eine komplette Rede zu übernehmen: kein Problem, tun Sie das. Sie sollten sich aber im Klaren darüber sein, dass Ihr Vorhaben schiefgehen kann. Wenn die Musterrede nicht Ihrem persönlichen (Sprach-)Stil entspricht, dann werden Sie als Festredner nicht authentisch wirken. Lassen Sie sich lieber inspirieren und nutzen Sie die Beispiele als Anregung für Ihren individuellen Auftritt.

Reden zum Geburtstag

Der 18. Geburtstag markiert für einen jungen Erwachsenen den Eintritt in eine neue Lebensphase. Es bietet sich an, in Ihrer Rede daran anzuknüpfen und etwa die damit einhergehende volle Geschäftsfähigkeit, die Führerscheinerlaubnis, das Wahlrecht oder auch den schönen Begriff der Freiheit zu thematisieren.

Bei Geburtstagsreden – besonders an »runden« Geburtstagen – erinnern die Laudatoren gerne an bereits Gelebtes und Geschehenes. Der gemeinsame Schulbesuch oder Urlaube, die langjährige Freundschaft und das besondere Verhältnis von Redner und Geburtstagskind – natürlich mit persönlich erlebten Geschichten und Anekdoten untermauert – können als Aufhänger dienen. Andererseits sollten Sie in einer solchen Rede aber auch einen Blick in die Zukunft werfen, Pläne zur Familiengründung, Jobwechsel, Reisen oder Umzug ansprechen und Glück dafür wünschen.

Allgemein eignen sich der Beruf, ein Hobby oder eine Leidenschaft des Geburtstagskindes immer als Redethema. Erkundigen Sie sich, welche Vorlieben der/die zu Ehrende hat. Sie werden sehen, dass sich Themen oder Hobbys wie Sport, Musik, Kino, Kochen und Autos wunderbar als roter Redefaden eignen.

Anknüpfungspunkte bieten außerdem Horoskope und Sternzeichen. Auch rund um das Geburtsdatum können Sie Ihre Rede »spinnen«, wenn Sie es zu berühmten Persönlichkeiten, Erfindungen oder spannenden Ereignissen der Weltgeschichte in Verbindung setzen. Wenn etwa jemand am 21. Juli 1969 geboren wurde, bietet sich der Bezug zu Neil

TIPP

Mehr Tiefe

→ Überlegen Sie, ob sich das Thema Ihrer Rede auch im übertragenen Sinn verstehen lässt. Wenn Ihre Tante beispielsweise eine begeisterte Hobbygärtnerin ist, dann können Sie ihren »grünen Daumen« bei der Hege von Pflanzen auch mit der Pflege von Freundschaften in Verbindung bringen und damit ihren Charakter verdeutlichen. Eine solche bildhafte Übertragung verleiht Ihrer Rede Tiefe und macht sie interessanter.

Armstrong an, dem ersten Menschen auf dem Mond. Ein Kunstliebhaber freut sich sicher, wenn ein Bogen von ihm zu dem Verpackungskünstler Christo geschlagen wird, der am 13. Juni 1935 geboren wurde. Gehen Sie doch mal in die Bibliothek oder ins Internet und schauen Sie nach, was an dem betreffenden Datum alles passiert ist. Sie werden sehen, dass es plötzlich eine Fülle von Verbindungspunkten zu Ihrem Geburtstagskind gibt.

Je höher das Lebensalter des Jubilars ist, desto stärker stehen die Würdigung der Lebensleistung, ein Rückblick auf den Lebensweg und die verschiedenen Phasen (beruflich wie privat) im Vordergrund. Mit Humor und Fingerspitzengefühl können Sie in Ihrer Rede auch auf die Vor- und Nachteile des Alters und der Jugend eingehen. Da bei runden Geburtstagen im hohen Alter häufig etwas Sentimentalität und Melancholie aufkommt, bietet es sich an, mit guten Nachrichten und lustigen Ereignissen fröhliche Stimmung zu verbreiten. Geben Sie zum Schluss möglichst einen optimistischen Ausblick auf die kommenden Jahre, nach dem bekannten Motto: »Es gibt noch viel zu tun, packen wir's an!«

18. Geburtstag

Einleitung: Festanlass und Glückwunsch

Rednerin: Mutter
Stil: feierlich

Liebe Daniela, liebe Partygäste,
schon seit Monaten hast du diesen Tag herbeigesehnt. Denn von heute an heißt es: Hurra, ich bin 18! Die Welt liegt mir zu Füßen. Zu deinem Geburtstag und der damit verbundenen uneingeschränkten Geschäftsfähigkeit – so nennen das die Juristen – wünsche ich dir alles Gute. Auf dass der neue Lebensabschnitt so wird, wie du, Daniela, ihn dir vorstellst und wünschst!

Hauptteil: Bedeutung der Volljährigkeit. Charakter des Geburtstagskinds mit Bezug zum Sternzeichen. Beispiel aus der Kindheit

Außer dem guten Gefühl, nun zur Gruppe der Erwachsenen zu gehören: Was ändert sich genau, wenn man 18 wird? Du darfst künftig Verträge ohne Wissen und Erlaubnis deiner Eltern abschließen, kannst den Führerschein machen, wählen und theoretisch auch Entschuldigungen für die Schule unterschreiben. Dass du diese Freiheit nicht über Gebühr ausnutzen wirst, das weiß ich. Denn schließlich bist du ja im Sternzeichen des Löwen geboren. Löwen gelten als aktiv und unabhängig. So hast du deinen Vater und mich schon früh überrascht: Du warst gerade mal zehn Jahre alt, als es darum ging, welche erste Fremdsprache du im Gymnasium lernen solltest. Du hast alleine entschieden: Französisch. Und daran war nicht zu rütteln. Daniela, du hast damals richtig gewählt: Französisch hat dir immer viel Spaß gemacht.

Wiederaufnahme des Themas Charakter und Sternzeichen. Vergleich mit der eigenen Jugend

Dass du eine gute Schülerin warst und noch immer bist, freut mich sehr. Aber das ist kein Wunder, denn du bist schließlich eine ehrgeizige, selbstbewusste und souveräne Löwin. Das hilft dir enorm in der Schule. Nicht nur im Unterricht und beim Lernen zu Hause, sondern auch in deiner Rolle als Klassensprecherin. Wenn es Probleme gibt, dann besprichst du sie mit dem Lehrer und versuchst sie zu lösen.

Du wägst ab und argumentierst. Selbst in angespannten Situationen bleibst du ruhig und sachlich und lässt dich nicht so schnell ins Bockshorn jagen. Diese Fähigkeiten und dein, tja, wie soll ich sagen, dein gesellschaftliches Engagement bewundere ich an dir. Ich habe das damals, als ich 18 war, nicht gekonnt. Ich war viel zu schüchtern und hatte nicht so viel Selbstbewusstsein wie du. Aber wir wurden auch noch etwas anders erzogen als ihr heute.

Schluss: Wiederaufnahme des Themas Volljährigkeit. Abschließender Glückwunsch

Stichwort Erziehung: Die hört jetzt nicht schlagartig auf, nur weil du heute 18 geworden bist. Und deswegen solltest du vielleicht doch ab und zu die Ratschläge deiner Mutter beherzigen – trotz scharfem Verstand und Volljährigkeit. Ich weiß, allein bei dem Gedanken daran verdrehst du die Augen wie die Schlange Ka im Dschungelbuch, deinem Lieblingsschmöker. Aber das ist nicht böse von mir gemeint: Manchmal würde ich dir einfach gerne schmerzhafte Erlebnisse ersparen. Doch das geht nicht immer, und das muss auch so sein. Du musst deine Erfahrungen selbst machen und für deine Entscheidungen geradestehen.

Das gilt von heute an noch mehr. Du bist nun offiziell unabhängig von deinen Eltern und uneingeschränkt geschäftsfähig. Dabei wünsche ich dir ein glückliches Händchen. Ich bin sicher, dass das meiner Löwen-Tochter gelingen wird. Und falls du doch einmal Beratung und Hilfe brauchen solltest: Du weißt, wo du mich findest. Noch einmal alles Gute zum Geburtstag, zum neuen Lebensabschnitt und zu deinen neuen Möglichkeiten!

30. Geburtstag

Einleitung: Werbespruch. Humorvolle Nennung des Anlasses

Redner: Freund
Stil: locker

Lieber Josef,

wir wissen nicht, was dir dein Arzt oder Apotheker anlässlich deines heutigen Geburtstages empfehlen würde. Du kannst sie ja mal fragen. Aber es reicht eigentlich, wenn du unsere Ratschläge umsetzt. Jetzt, wo du endlich die 30er-Ziellinie überschritten hast, gehörst du zu den richtig Erwachsenen.

Hauptteil: Jugendlicher Charakter des Geburtstagskindes. Beispiel

Aber – Gott sei Dank! – manchmal benimmst du dich noch immer wie ein Teenie. Wie neulich in der Disco, als wir zu Songs aus unserer Jugendzeit wie »Money, Money, Money« von ABBA oder dem Beat von AC/DC abgetanzt haben. Das war spitzenmäßig – wie in alten Zeiten. Mir ist dabei bewusst geworden, wie lange wir schon befreundet sind und hoffentlich weiterhin sein werden. Und versprich mir, dass wir auch künftig noch viele gemeinsame Disconächte verbringen werden. Denn das macht riesig Spaß mit dir, obwohl du inzwischen ordentlich Karriere gemacht hast und tagsüber im Büro immer höchst seriös mit Anzug und Krawatte deinen Mann stehst. In puncto Job lautet mein Rat: Streng dich weiter an, dann bist du vielleicht in ein paar Jahren Vorstandsvorsitzender der Firma. Erst neulich bist du ja wieder befördert worden.

Ratschläge der Freunde zum Älterwerden mit Bezug zum Werbespruch vom Anfang

Und was empfehlen dir die großen Jungs mit schon teilweise reichlich 30er-Erfahrung außerdem? Cool bleiben heißt die Devise. Alles halb so schlimm! Selbst angesichts deiner sich lichtenden Haarpracht. Auch wenn du es nicht gerne hörst: Dein Schopf war früher voller. Ich kenne dieses Problem nur zu gut! Und empfehle daher: Lass dir eine modische 5-Millimeter-Frisur verpassen. Darauf stehen die Frauen heutzutage. Aber du kannst natürlich auch deinen Arzt oder Apotheker fragen. Abhilfe versprechende Mittelchen sind genug auf dem Markt …
Ansonsten bist du aber, wenn ich dich so ansehe, noch gut in Schuss – Kompliment! Trotz deines hohen Alters. Aber das ist ja auch kein Wunder, denn du ernährst dich gesund, isst viel Gemüse und wenig Fleisch, gehst regelmäßig ins Fitness-Studio und Gott sei Dank auch manchmal mit uns ins Kino oder in die Kneipe.

Mein Rat: Mach weiter so! Dann wird man dir selbst in zehn oder gar 20 Jahren nicht ansehen, wie viele Lenze du wirklich zählst und welches Geburtsdatum in deinem Personalausweis steht.

Schluss: Toast und Glückwunsch. Wiederaufnahme des Spruchs vom Anfang

In diesem Sinne: Ein Prosit auf dich, altes Haus. Viel Glück und Gesundheit, halt die Ohren steif. Denn wie sagte einmal ein Kabarettist so schön: Das Schlimmste kommt noch! Falls es ganz dicke kommen sollte, kannst du ja deinen Arzt oder Apotheker fragen – oder am besten gleich deine Kumpels.

30. Geburtstag

Einleitung: Nennung des Anlasses

Redner: Schwiegervater
Stil: gediegen, feierlich

Liebe Antoinette,
es ist für mich eine große Ehre, als Vertreter der »buckligen Verwandtschaft« – wie man bei uns auf dem Land sagt – anlässlich deines Geburtstages ein paar Worte sagen zu dürfen.

Hauptteil: Thema »patentes Geburtstagskind«. Persönlicher Rückblick

Als ich vorhin hierher gefahren bin, habe ich überlegt, wie lange du schon zur Familie gehörst. Ich bin auf zwölf Jahre gekommen. Stimmt die Zahl? Ja? Puh, da bin ich aber froh, dass mich mein Gedächtnis nicht im Stich gelassen hat. Ich kann mich noch gut daran erinnern, als mir Michael zum ersten Mal von dir erzählt hat. Er sagte damals – und grinste dabei über beide Ohren: »Du Papa, ich habe beim Tanzen ein Mädchen kennengelernt. Die ist nicht nur nett, sondern hat auch ordentlich was drauf.« Was er damit genau meinte, führte mein jüngster Sohn bei diesem Gespräch nicht aus. Aber schon bei unserem ersten Treffen, einem eigens von Michael anberaumten Kennenlern-Grillfest bei uns im Garten, wusste ich, was ihn an Antoinette von Anfang an so fasziniert hat.

Das Thema wird mit persönlichen Beobachtungen und Erlebnissen untermauert.

Liebe Schwiegertochter, du hast, wie es Michael zu beschreiben pflegt, wirklich was drauf. Du bist vielseitig interessiert und engagiert, offen für neue Dinge, herzlich und fröhlich. Und selbst wenn es bei dir im Job und in der Familie hoch hergeht, bewahrst du immer den Überblick. Du bist die geborene Managerin. Eine Managerin mit Herz. Das stelle ich immer wieder fest. Besonders, wenn ich dich zusammen mit deinen Kindern sehe. Klar, Emma und Bill sind zwei rechte Rabauken. Aber immer nimmst du dir Zeit für die beiden, gehst mit ihnen schwimmen oder radeln und versuchst auf all ihre Fragen eine Antwort zu geben.
Selbst in etwas misslichen Situationen: Neulich feierte Emma Kindergeburtstag, und sie hatte sich gewünscht, mit ihren Freundinnen und Freunden zusammen Pizza zu backen. Du hattest alles vorbereitet, die Kinder standen bereit – und dann fiel der Strom aus. Der Backofen blieb kalt. »Fällt der Kindergeburtstag jetzt aus, Mama?«, fragte Emma den Tränen nahe.
Aber du hattest gleich eine Idee. Auf der Terrasse wurde der Grill aufgebaut und in Gang gebracht, und dann hast du den Kindern gezeigt, wie man den Pizzateig um Äste aus dem Garten wickelt und über dem Feuer Stockbrot backt. Die Feier wurde ein voller Erfolg!
Wenn Antoinette kein solches Organisationstalent wäre und obendrein noch so durchsetzungsfähig, dann wäre sie sicher auch nicht zur Elternbeirätin gewählt worden. Da schafft sie es immer wieder mit ihrer einfühlsamen Art, schwierige Situationen zu meistern.
Manchmal frage ich mich, wie Antoinette das alles schafft. Denn neben der Kinderbetreuung und -erziehung hat sie einen Halbtagsjob. Bei der hiesigen

Bank berät sie Kunden in Sachen Aktien und Fonds. Ich verstehe davon nichts. Aber ich habe gehört, dass meine Schwiegertochter hier als Spezialistin gilt. Darüber hinaus ist Antoinette noch für »das bisschen Haushalt« – wie es in einem alten Schlager heißt – zuständig, denn mein lieber Sohn ist berufsmäßig derzeit stark eingespannt. Doch von Klage keine Spur. Im Gegenteil. »Das passt schon«, beliebt das Geburtstagskind zu sagen.
Bis auf einen Punkt: Sie habe keine Zeit zum Lesen, und das würde sie schon vermissen, gab Antoinette neulich zu. Deswegen gibt es von nächster Woche an im Hause Kemmler eine Neuigkeit – unser Geschenk an dich: Staubsaugen, Fenster putzen, Böden schrubben und was sonst noch so anfällt, das erledigt künftig eine Putzfrau. So hast du dann hoffentlich wieder etwas mehr Zeit. Freu dich über die Entlastung! Nutze die frei gewordenen Kapazitäten zum Lesen und für alles, was dir sonst noch wichtig ist.

Schluss: Gedicht und Glückwunsch

Was kann dir dein alter Schwiegervater zum Geburtstag sonst noch wünschen? Beim Stöbern in der Stadtbibliothek habe ich ein passendes Gedicht von einem anonymen Autor aus dem 19. Jahrhundert gefunden:

> *Von Wünschen ist mein Herz so voll,*
> *sodass ich, was ich sagen soll,*
> *kaum weiß, denn so ein Tag wie heut'*
> *Lacht mir ja nicht zu aller Zeit.*
>
> *Gesundheit und Zufriedenheit,*
> *nebst allem, was dich sonst erfreut,*
> *ein langes Leben obendrein,*
> *soll alles dir bescheret sein.*

In diesem Sinne, Antoinette, bleibt mir nur noch eines zu sagen: Alles Liebe und Gute zu deinem Geburtstag. Mach weiter wie bisher!

40. Geburtstag

Einleitung: Dank und Nennung des Festanlasses. Ankündigung einer Überraschung

(Punkt 1 der Fünf-Punkte-Formel → S. 32)

Rednerin: Freundin
Stil: heiter

Liebe Raphaela,
zunächst einmal vielen Dank für die Einladung zu dieser Party. Wir, deine Kolleginnen vom Weiber-Stammtisch, freuen uns sehr, zu den 40 Gästen anlässlich deines 40. Geburtstages zu gehören. Und wie es sich gehört, haben wir auch ein Geschenk mitgebracht. Es steht da hinten. Es ist ziemlich groß, wie du vorhin schon treffend bemerkt hast. Doch was sich hinter dem roten Tuch verbirgt, das hast du nicht erraten – obwohl du drei Versuche hattest. Auch kein anderer Gast hat bislang das Geheimnis gelüftet.

Hauptteil: Vorstellung der Clique. Brücke zwischen Horoskop (Thema) und Geschenk

(Anliegen – Punkt 2 der Fünf-Punkte-Formel)

Das ist aber auch kein Wunder: Unser Stammtisch brauchte nämlich auch eine Weile, bis wir das passende Geschenk hatten. Für alle, die es nicht wissen: Beim sogenannten Weiber-Stammtisch unserer Firma treffen sich einige Kolleginnen alle zwei Wochen in der Gaststätte »Ritter«. Was Frauke, Yvonne, Uschi, Ute, Christine – die stehen übrigens alle rechts von mir – und ich da machen? Neuigkeiten austauschen, ohne Punkt und Komma reden, essen und trinken. Und natürlich Geburtstagsgeschenke aushecken.
Liebe Raphaela, dieses geheimnisvolle Ding dort wird dir viel Vergnügen und besonders Erholung schenken. Obwohl das Jahreshoroskop in deiner Lieblings-Frauenzeitschrift uneingeschränkt verspricht: »Sie verfügen über enorme Energiereserven. Woche für Woche, Monat für Monat«. Aber selbst Powerfrauen müssen sich gelegentlich erholen, entspannen, die Beine baumeln und mal fünfe gerade sein lassen.

Das Thema Horoskop wird mit Beispielen untermauert (Punkt 3 der Fünf-Punkte-Formel)

Wie steht es nun mit Raphaelas Kondition? Normalerweise ist sie die Erste, die zum Stammtisch kommt und die Letzte, die aufbricht. Wenn wir gemeinsam zum Skifahren gehen, ist Raphaela diejenige, die morgens vor allen anderen aus den Federn schlüpft und Frühstück macht. Eine feine Sache, keine Frage. Kaum ist jedoch der letzte Schluck Kaffee getrunken, der letzte Bissen Brötchen gekaut und geschluckt, geht es los: Raphaela drängelt und fragt: »Wann seid ihr endlich fertig? Der Lift läuft schon!« Abends ist sie natürlich die Letzte auf der Piste. Ihre unendliche Energie und ihr Spaß auf zwei Brettern haben bereits zweimal dazu geführt, dass wir den letzten Lift verpasst haben und mit dem Taxi oder Bus ins Hotel fahren mussten!
Selbst beim Après-Ski ist Raphaela nicht kleinzukriegen. Wenn wir in die Disco gehen, ist sie – wie könnte es anders sein – diejenige, die den ganzen Abend tanzt. Mehr noch: Ständig animiert sie den ganzen Stammtisch, doch auch auf die Tanzfläche zu kommen.
Auch im Alltag ist das Geburtstagskind vergleichbar mit einer Miss 100000 Volt. Neben ihrem Job kümmert sich Raphaela um die drei Kinder und die zwei Hasen, hält Haus und Garten tipptopp in Schuss, und mit ihrem Mann geht sie regelmäßig zum Joggen. Aber irgendwoher muss sie ja ihre Kondition haben, denn auf die Versprechungen eines Horoskops ist nicht unbedingt Verlass. Aber ein Richtungsweiser sind die Sterne allemal.

Fazit der Beispiele (Punkt 4 der Fünf-Punkte-Formel). **Rückkehr zum Thema Geschenk**

Siehe heute: In deinem Tageshoroskop, liebe Raphaela, stand nämlich zu lesen: »Das Leben besteht nicht nur aus Arbeit und Verpflichtungen. Gönnen Sie sich ein paar schöne Stunden!« Wie wahr, wie wahr, denn trotz aller Kondition und Energie: Auch du brauchst ab und zu Erholung. Zumal Ruhepausen mit zunehmendem Alter immer wichtiger werden. Wir, deine Stamm-

tisch-Freundinnen, haben allesamt ein paar Jahre mehr als du auf dem Buckel und sprechen aus Erfahrung. Deshalb haben wir dir ein Entspannungs-Instrument besorgt. Genau, das Ding hinter dem roten Tuch wird dir vergnügliche Momente bereiten. Dort kannst du deine Energiespeicher wieder auftanken und Kraft für neue Taten schöpfen. Und wenn du möchtest, kannst du den Spaß sogar noch mit Mann und Kindern teilen.

Schluss: Aufforderung zum Handeln (Punkt 5 der Fünf-Punkte-Formel). **Glückwunsch**

Was musst du jetzt noch tun? Erstens: Zieh das Tuch weg, und zweitens: Setz dich rein in deine neue Hollywood-Schaukel! Liebe Raphaela, wir wünschen dir viel Vergnügen und Spaß beim Schaukeln. Entspann dich, tanke Energie, jetzt gleich! Denn heute wird es sicher wieder spät werden. Alles Gute zum Geburtstag und auf viele weitere Stammtisch-Abende und -Ausflüge!

50. Geburtstag

Einleitung: Zitat und Bezug zum Charakter des Geburtstagskinds

Rednerin: Ehefrau
Stil: liebevoll

»Ein Mann ist alt, wenn er morgens ohne einen Wunsch aufwacht.«
Lieber Matthias,
das Zitat des berühmten Italieners Enzo Ferrari, seines Zeichens erfolgreicher Motorsportler und Gründer des italienischen Rennwagenherstellers Ferrari, trifft den Nagel auf den Kopf: Du bist jetzt zwar 50, aber noch lange kein alter Mann – auch wenn du das manchmal spaßeshalber sagst. Denn noch immer vergeht kaum ein Tag, an dem du mir nicht von deinen Wünschen oder von konkreten Plänen erzählst, die du gerne in der nächsten Zeit realisieren möchtest. Eine Spezialität von dir, die ich sehr gerne mag. Sie hat so etwas Jungen-

haftes an sich. Diese Lust, neue Dinge auszuprobieren und neue Erfahrungen zu machen, solltest du dir erhalten. Wenn's geht, die nächsten 50 Jahre. Denn auch ich profitiere von deinen Ideen und lasse mich von deiner Begeisterung regelmäßig anstecken. Auch wenn es manchmal sehr anstrengend ist, deinen vielen spontanen Einfällen zu folgen und dabei nicht den Überblick zu verlieren. Vor allem wenn es darum geht, wann wir was machen!

Hauptteil: Vergleich der Persönlichkeit des Geburtstagskindes früher und heute anhand von Beispielen

Und schon wären wir wieder bei Ferrari: Vor einigen Jahren wäre es undenkbar gewesen, dass wir zum Nürburgring fahren und uns ein Formel-1-Rennen anschauen. Zwar bist du schon immer ein Michael-Schumacher-Fan gewesen und wolltest unbedingt mal selbst an der Strecke stehen, das Dröhnen der Motoren hören, waghalsige Überholmanöver aus nächster Nähe beobachten, den Sieger jubeln sehen. Aber für so einen Zirkus Geld auszugeben? Das wäre dir nie in den Sinn gekommen. »Die Rennen kommen doch im Fernsehen«, hast du früher immer gesagt, »das ist viel zu teuer.« Inzwischen ist dir dein schwäbischer Sparzwang etwas abhanden gekommen, und du gönnst dir solche Dinge. Vermutlich hängt das mit dem Alter zusammen und der geänderten Einstellung zum Leben – jetzt, wo du zur Altersgruppe »50 plus« gehörst. So bezeichnen zumindest Werbeleute dieses Alter.

Die Marketingexperten wissen eben, wie Leute Anfang der 50er denken und fühlen. Vor allem aber, was sich Jungsenioren leisten können. Vor zwei Wochen bist du mit einem Prospekt nach Hause gekommen – einem Reiseprospekt mit Safari-Angeboten. Und was sagt mein lieber Mann? »Lass uns nach Kenia fahren. Ich wollte schon immer mal Löwen und Elefanten in freier Wildbahn erleben.« Gesagt, getan. In zwei Monaten fliegen wir nach Afrika. Ich bin schon sehr gespannt auf unsere gemeinsame Reise. Bis dahin wirst du sicher ausgiebig deinem neuen Hobby, dem Rennradfahren frönen. Während du früher nicht so viel von Sport und Bewegung gehalten hast, bist

du heute ganz wild darauf. Das freut mich sehr, denn so hältst du dich fit, und ich werde noch viele Jahre etwas von meinem aktiven, dynamischen und vor allem gesunden Mann haben.
Deswegen finde ich es auch gut, wenn du dich nach der Arbeit oder am Sonntagmorgen in deine Radklamotten wirfst und dich auf dein Rennrad schwingst. Wenn du dann Stunden später heimkommst, bist du zufrieden, ausgeglichen und gut gelaunt. Dennoch solltest du es vielleicht manchmal nicht gar so übertreiben und statt 150 Kilometern nur 70 oder 80 radeln. Du bist halt keine 25 mehr und deine Kniegelenke auch nicht. Aber jammere und klage ruhig über deine schmerzenden Knochen, denn dann weiß ich: Alles ist im grünen Bereich!

Schluss: Überleitung zur Feier. Wiederholung des Zitats. Toast

Im grünen Bereich ist hier auch alles. Das Bierfass ist angestochen, der Grill ist angezündet, die Steaks liegen bereit. Lieber Matthias, ich gratuliere dir ganz herzlich zum 50. und bin gespannt, mit welchen Ideen du in den nächsten Tagen, Wochen, Monaten und Jahren nach Hause kommen wirst. Denn erinnern wir uns an den Ausspruch von Enzo Ferrari: »Ein Mann ist alt, wenn er morgens ohne einen Wunsch aufwacht.« Auf dein Wohl!

60. Geburtstag

Einleitung: Nennung des Anlasses und des Themas »immer unterwegs«

Redner: Neffe
Stil: heiter

Liebe Tante Uschi, liebe Verwandtschaft, liebe Freundinnen und Freunde, unglaublich, aber wahr: Uschi hat doch tatsächlich in ihrem Kalender den heutigen Tag geblockt, um ihren 60. Geburtstag zu feiern. Denn wie wir alle wissen, bist du zwar gern auf dem ganzen Globus unterwegs und auf jedem

Geburtstags- oder Vereinsfest zu finden. Aber selbst im Mittelpunkt einer Feier zu stehen, das ist nicht dein Ding. Deshalb freut es mich sehr, dass wir heute in der Heimat feiern.

Hauptteil: Reisen als Leidenschaft des Geburtstagskinds. Beispiele

Apropos Reisen: Seit Uschi vor einem Jahr als Redakteurin bei der »Schwäbischen Postille« aufgehört und sich in den Vorruhestand begeben hat, habe ich sie kaum noch gesehen: Assisi, Warschau, Peru, Thailand, Südfrankreich und Bilbao waren ihre Stationen. Über die ganzen Kurz-Trips, die noch zwischen diesen Reisen lagen, fehlt mir gänzlich der Überblick. Aber ich finde es prima, dass du jetzt ständig auf Achse bist und deine neu entdeckte Leidenschaft – das Reisen – in vollen Zügen genießt. Denn als pflichtbewusste Angestellte wolltest und konntest du nicht wochenlang in die Tropen, in die Anden oder an geschichtsträchtige Orte fahren. Woher nimmst du nur die Energie für all diese Unternehmungen? Mir ist das ein Rätsel. O.K., das stimmt natürlich nicht ganz. Ich weiß schon, warum du gerne und oft unterwegs bist. Du bist einfach an Land, Leuten und Geschichte interessiert und neugierig obendrein. Um deine Reisen in alle erdenklichen Länder beneide ich dich. Und wenn ich einmal nicht mehr arbeiten muss, reise ich auch. In dieser Hinsicht bist du ein gutes Vorbild für mich!

Die neu entdeckte Leidenschaft. Persönliche Haltung des Redners dazu

Was ich allerdings von deinen neuesten Plänen halten soll, weiß ich noch nicht so genau: Meine Tante Uschi will nämlich auf ihre – entschuldige! – alten Tage noch den Flugschein machen! Ja, liebe Festgäste, Sie haben richtig gehört. Sie will Segelfliegen lernen, weil sie sich die Welt nun auch von oben anschauen will. Ich kann das nur bedingt verstehen. Denn mir wird beim Segelfliegen immer übel. Schon allein bei der Vorstellung, ständig Kurven zu drehen, von günstigen Winden abhängig zu sein und keinen Motor unter der

5

Haube zu haben, bekomme ich einen flauen Magen. Deswegen bin ich mit meinem Vater, der begeisterter Segelflieger ist, nur selten geflogen. Aber Uschi hat immer gerne mit ihrem Bruder ein paar Runden gedreht. Und in ein paar Monaten hält sie den Steuerknüppel selbst in den Händen. Da bin ich mir ganz sicher!

Schluss: Das Geburtstagskind wird in seinen Plänen bestärkt. Abschließender Glückwunsch

Denn wenn sich Uschi etwas in den Kopf gesetzt hat, lässt sie auch Taten folgen. Das war in puncto Reisen so und wird auch bei ihrer anderen neuen Leidenschaft so sein. Liebe Uschi, nur zu! Verwirkliche dir deinen Traum und lerne Segelfliegen. Du schaffst das schon. Erwarte aber bitte nicht, dass ich mit dir abhebe. Ich warte lieber am Landeplatz auf dich. Und da werde ich wohl stehen müssen, wenn ich dich künftig sehen will. Das ist der Nachteil an einer so quirligen, weltoffenen und unternehmungslustigen Tante. Sie ist immer unterwegs. Deshalb freut es mich besonders, dass wir jetzt noch ein paar schöne, gemeinsame Stunden vor uns haben. Alles Gute zu deinem runden Geburtstag. Genieß ihn!

90. Geburtstag

Einleitung: Erwähnung des Anlasses und der überstandenen schwierigen Situation

Rednerin: Tochter
Stil: feierlich

Liebe Mama,

ich bin sehr froh, dass wir heute im Kreise der Familie deinen 90. Geburtstag feiern können. Denn lange Zeit hat es nicht danach ausgesehen: Nachdem du im Winter gestürzt bist und dir den Oberschenkel gebrochen hast, haben wir schon befürchtet, am Krankenbett feiern zu müssen. Aber die Operation hast du gut überstanden, und in der Reha-Klinik bist du – im wahrsten Sinne – schnell wieder auf die Beine gekommen. Und nun sitzt du unter uns, so humorvoll, optimistisch und geistig rege, wie wir dich kennen und lieben.

Hauptteil: Geistige Fitness der Jubilarin. Vergleich mit berühmter Persönlichkeit

Kein Wunder: Der Tag beginnt für dich mit der Lektüre der Tageszeitung. Politik, Wirtschaft, Feuilleton, aber auch den Lokalteil studierst du ausgiebig. Den Sportteil lässt du allerdings links liegen. Da hältst du es wie der ehemalige britische Premierminister Winston Churchill, der die Parole verfolgte: »No sports«, also »keinen Sport«. Du hast übrigens noch mehr Gemeinsamkeiten mit Churchill! Seiner Frau Clementine und ihm wurden fünf Kinder geschenkt. Auch du hast zusammen mit Papa, der leider seit fünf Jahren nicht mehr unter uns weilt, fünf Kinder bekommen. Du teilst eine weitere Leidenschaft mit dem Staatsmann von der Insel: Er schrieb viele politische und historische Werke. Du hast in früheren Zeiten als freiberufliche Mitarbeiterin bei der Lokalzeitung viele Texte zu gesellschaftspolitischen Themen verfasst, die bei den Lesern gut angekommen sind. Jetzt beschränkst du dich allerdings aufs Lesen, und wenn dir das zu anstrengend wird, dann schaust du dir gerne alte Filme an.

Zitat zum Alter mit Bezug zur Jubilarin

Beispielsweise mit deiner Lieblingsschauspielerin Jeanne Moreau. Von der Französin habe ich ein schönes Zitat gefunden, passend zu deinem heutigen Jubeltag: »Alternde Menschen sind wie Museen: Nicht auf die Fassade kommt es an, sondern auf die Schätze im Innern.« Schätze im Inneren hast du reichlich. Als ich Kind war, hast du mir viele Geschichten und Erlebnisse erzählt, denen ich staunend gelauscht habe. Von deiner Erfahrung und deinem Wissen habe ich schon immer profitiert.
Als ich beispielsweise nach dem Abitur nicht wusste, welchen Beruf ich ergreifen soll, hast du mir geraten: »Höre in dich hinein und lass dich nicht von

deinen Freundinnen beeinflussen.« Das habe ich gemacht und mich entschieden, Medizin zu studieren. Allen Unkenrufen zum Trotz! Liebe Mama, für dein Verständnis und deine Unterstützung danke ich dir, denn mein Beruf erfüllt mich und macht mir immer noch große Freude.

Im Krankenhaus habe ich oft mit älteren Leuten zu tun. Wenn ich meine Patienten mit dir vergleiche, dann muss ich sagen: Kompliment, Mama! Du hast dich gut gehalten. Davon kann sich manch Jüngerer eine Scheibe abschneiden. Du bist nach wie vor offen und an vielen Dingen interessiert, die in der Welt passieren. Deswegen hast du neulich wohl auch deinen Enkel gefragt, wie das denn mit dem Internet funktioniert. Mein Sohn Waldemar ist daraufhin mit seiner Oma in ein Internet-Café gefahren, um sie in die Geheimnisse des Internets einzuführen. Hinterher erzählte er stolz, dass die Besucher ganz schön gestaunt haben über seine interessierte und neugierige Großmutter.

Schluss: Angebot zur Unterstützung. Glückwunsch

Ich bin mir sicher, dass du noch viel öfter im Internet-Café anzutreffen wärst, wenn du körperlich so könntest, wie du wolltest. Aber mit dieser Einschränkung hast du dich inzwischen abgefunden. Ich kann dir nur anbieten: Lass es mich wissen, wenn du irgendwohin möchtest. Ein Anruf genügt. Ich fahre und begleite dich gerne – wie alle aus der Familie, denn wir wollen, dass unsere Mutter, Oma und Uroma auch an ihrem 100. Geburtstag noch so fit ist wie heute und weiterhin so interessiert am Weltgeschehen teilnimmt. Alles Gute zum Geburtstag und noch viele erfüllte Lebensjahre!

Reden zu Geburt, Taufe, Kommunion und Konfirmation

Feste zur Geburt oder Taufe eines Kindes, der Kommunion oder der Konfirmation werden nach wie vor häufig im Familienkreis gefeiert. Dazu kommen gegebenenfalls die Paten.

Bei der Suche nach dem Thema für diese Redeanlässe können Sie mit alten Traditionen anfangen: Vielleicht sind oder waren in Ihrer Gegend besondere Bräuche bei der Geburt eines Jungen oder eines Mädchens üblich, oder es ranken sich bestimmte Redensarten darum.

Für die Rede zur Taufe, zur Kommunion und Konfirmation bietet es sich an, auf die Verantwortung und Aufgabe des Paten oder der Patin einzugehen. Oder Sie knüpfen allgemein an die religiöse Bedeutung dieser Feiern an.

Wenn Ihnen eher das Persönliche liegt, dann sprechen Sie doch über die Veränderungen im Leben des Elternpaars, die sich mit der Geburt des ersten Kindes ergeben, wie bereits vorhandene Geschwister auf die Ankunft des Bruders oder der Schwester reagiert haben oder was es für ein schönes Gefühl ist, zum ersten Mal Tante zu werden.

TIPP

Biblische Worte

→ Der vom Pfarrer oder den Eltern ausgesuchte Tauf-, Kommunions- oder Konfirmationsspruch eignet sich besonders gut als Aufhänger oder Thema für Ihre Rede. Erklären Sie den Zuhörern, wie Sie die biblischen Worte verstehen oder was sie Ihnen bedeuten. Bleiben Sie dabei aber ruhig persönlich. Niemand erwartet von Ihnen eine zweite theologisch fundierte Predigt.

Geburt

Einleitung: Nennung des Festanlasses. Traditionelle Redensart

Redner: Vater
Stil: feierlich-heiter

Liebe Ute, liebe Gäste,
wir sind heute hier versammelt, um die Geburt unserer Tochter Leonie zu feiern. Das tun wir natürlich in gebührendem Maße. Doch es gibt noch einen weiteren Grund zu feiern: Ich habe die Dinge geschafft, die ein Mann der Redensart zufolge in seinem Leben tun muss.

Hauptteil: Drei Aufgaben eines Mannes (Thema) und die persönliche Umsetzung

Als Erstes muss er ein Haus gebaut haben. Ein neues Haus habe ich zwar nicht gebaut, aber das von meiner Oma geerbte von Grund auf umgemodelt und saniert. Diesen Umbau habe ich zusammen mit meiner Frau Ute und meinen Freunden – die meisten der unermüdlichen Helfer sind heute da – geschafft. Ohne die tatkräftige Unterstützung meiner Familie und meiner Kumpel hätten wir das sicher nicht in dieser kurzen Zeit hinbekommen. Danke an alle! Ganz besonders stehe ich in der Schuld von drei Helfern: Hartmut hat das gesamte Dach gedeckt, Thilo baute sämtliche Rohre für Heizung und Wasser ein, und mein Schwager Nils hat sich um den Einbau der Fenster gekümmert.
Ihr könnt euch nachher bei einer kleinen Hausführung von den handwerklichen Meisterleistungen überzeugen: Es gibt in jedem Zimmer frisch gestrichene Wände, glänzende Parkettfußböden, Licht, Heizung und Steckdosen. Unsere Kleinfamilie, also Ute, unsere kleine Tochter Leonie und ich, haben nun ein schönes, neues Zuhause. Dass es bei uns – wie ich finde – sehr gemütlich ist, ist meiner Frau zu verdanken: Sie hat einfach ein Händchen für Farben, Möbel und einen reichhaltigen Schatz an Dekorationsvarianten. Unser Heim ist immer passend zur Jahreszeit geschmückt.

Was muss ein Mann außer dem Hausbau noch bewerkstelligen? Er muss einen Baum pflanzen. Diese Vorgabe habe ich bei Weitem übertroffen: Wenn ihr durch das Wohnzimmerfenster einen Blick in unseren Garten werft, könnt ihr euch davon überzeugen.
Ich habe schließlich nicht nur den obligatorischen Apfelbaum gepflanzt, sondern auch noch eine Sauerkirsche, eine Williams-Christ-Birne und – darauf hat Ute ganz besonderen Wert gelegt – einen Walnussbaum. Davon hat sie immer schon geträumt, denn Nüsse und ganz besonders Walnüsse isst sie unheimlich gern. Wenn nur alle Träume so einfach zu erfüllen wären…
Aber die Bäume würden bestimmt nicht so gut gedeihen, wenn Ute sie nicht so gut hegen und pflegen würde. Sie hat extra ein Wochenende lang einen Schnittkurs an der Volkshochschule gemacht, um die Bäume fachgerecht zurückstutzen zu können.
Drittens, so verlangt es alter Väter Sitte, muss ein Mann ein Kind gezeugt haben. Das ist mir gelungen! Und wie! Das Ergebnis kann sich sehen lassen: Leonie ist ein Wonneproppen. Weint wenig, isst viel und schaut schon ziemlich neugierig aus dem Kinderbettchen. Auf unser Töchterchen sind meine Frau und ich sehr stolz.

Schluss: Ausblick auf die Zukunft der kleinen Familie. Toast

Ich hätte sie bei meiner Ansprache gerne auf dem Arm gehalten und euch mal wieder präsentiert, aber Ute hat mich gewarnt: »Weck sie bloß nicht auf!« Leonie schläft daher zufrieden drüben in ihrem Bettchen und schert sich wenig um ihr eigenes Fest. Ich bin sicher, das wird sich im Laufe der Jahre noch ändern. Darauf freue ich mich schon. Und nachdem ich jetzt alle drei Pflichtaufgaben eines Mannes – insbesondere den kräftezehrenden und teilweise nervenaufreibenden Hausbau – erfolgreich hinter mich gebracht habe, habe ich künftig viel Zeit für das Wesentliche: meine Familie. Die werde ich redlich nutzen. Lasst uns nun das Glas erheben auf unsere Leonie und auf ihre Mama!

Taufe

Einleitung: Traum und erlebte Realität

Rednerin: Patin
Stil: teils locker, teils nachdenklich

Lieber Friederich, lieber Pfarrer Hirningmann, liebe Eltern, Verwandte und Freunde,
neulich habe ich geträumt, dass Friederich bei der Taufzeremonie so geschrieen hat, dass der Gottesdienst abgebrochen werden musste. Schweißnass bin ich mitten in der Nacht aufgewacht. Ich bin froh, dass es heute nicht so gekommen ist. Im Gegenteil: Unser Friedi, wie er von allen der Einfachheit halber genannt wird, hat in der Kirche seelenruhig auf meinem Arm geschlafen und die Prozedur über dem Taufbecken regungslos über sich ergehen lassen. Dass ihm Pfarrer Hirningmann lauwarmes Wasser über die Stirn geträufelt hat, störte seinen Schlaf ebenso wenig wie das anschließende Orgelspiel.

Hauptteil: Rechte und Pflichten einer Taufpatin. Bisherige persönliche Erfahrungen

Als Taufpatin habe ich eine große Verantwortung für das neue Erdenkind übernommen. Das ist mir sehr wohl bewusst, und das kenne ich schon aus eigener praktischer Erfahrung, denn schon seit einigen Jahren habe ich mit Katharina und Lara zwei Patenkinder. Wenn ihr wissen wollt, wie ich mich als Patin so mache, braucht ihr nur dort anzurufen. Die beiden geben sicher recht gern Auskunft über ihre Patentante. Wie man sie am besten um den Finger wickelt zum Beispiel.
Aber liebes Schwesterherz, lieber Schwager, ihr braucht keine Angst zu haben, dass wegen Lara und Katharina euer Sohn zu kurz kommt. Friedis Geburtstag ist dick im Kalender angestrichen, das heutige Datum auch, und Weihnachten und Ostern vergesse ich sowieso nie. Aber selbst ohne die offiziellen Festtage wird der junge Mann oft Besuch von mir bekommen, denn er ist ein Charmeur sondergleichen! Ich habe mich sofort in den kleinen Kerl verliebt: in seine großen Kulleraugen und die kleine, süße Nase. Wenn ich bei meinen

Stippvisiten außer der Reihe gelegentlich noch kleine Geschenke mitbringe, wird er mich eh immer freudig begrüßen, denn das ist der Vorteil einer Patentante: Die darf den Burschen nach Strich und Faden verwöhnen und ihm auch mal Dinge kaufen, bei denen die Eltern die Augen verdrehen. Wie wäre es mit einem ferngesteuerten roten Rennwagen oder einem CD-Spieler und einem Dutzend Benjamin-Blümchen-Geschichten? Ihr seid nicht so begeistert? Gut! Dann überlege ich mir das noch einmal…

Ausblick auf die nächsten Jahre: Hilfestellung für das Patenkind

Aber das Geschenke-und-Verwöhn-Programm ist nur die eine Seite meines Amtes. Als deine Patin, lieber Friederich, stehe ich dir in schwierigen Situationen und an Tagen, an denen es nicht so optimal läuft, mit Rat und Tat zur Seite. Man könnte sagen, dass ich für dich so etwas wie eine Begleiterin durchs Leben bin. Das ist dir momentan zwar noch völlig egal, Hauptsache, du wirst regelmäßig gestillt und bekommst frische Windeln. In einigen Jahren jedoch wirst du, Friedi, schon merken, dass es Dinge gibt, die du nicht so gut mit deiner Mama oder deinem Papa besprechen kannst oder willst. In solchen Momenten möchte ich für dich da sein und dich unterstützen. Nimm das Angebot wahr. Ich würde mich freuen.

Schluss: Glückwunsch an die Eltern. Dank für die Übertragung der Patenschaft

Euch, liebe Beate, lieber Jörg, gratuliere ich noch einmal zu eurem Sohn. So wie es aussieht, ist er wohlgeraten. Aber bei den Eltern ist das kein Wunder. Dass ihr mich als Taufpatin ausgewählt habt, hat mich sehr gefreut und mir zugegebenermaßen auch etwas geschmeichelt. Ich hoffe, ich werde in den nächsten Jahren meiner Verantwortung gerecht und erfülle mein Patenamt so, wie ihr es euch vorstellt. Falls es mal etwas zu Mosern geben sollte, kein Problem: Anregungen und Kritik nehme ich gern entgegen. Danke für euer Vertrauen. Ich werde mein Bestes geben!

Kommunion

Einleitung: Ein großer Tag für das Kommunionkind

Rednerin: Großmutter
Stil: feierlich

Lieber Maximilian, liebe Monika und lieber Gert, liebe Taufpaten und Gäste, heute, am weißen Sonntag, stehst du, mein lieber Maxi, im Mittelpunkt der Feier. Das wolltest du doch schon immer mal haben, die Aufmerksamkeit aller Erwachsenen! Warum ist die ganze Verwandtschaft aus Nah und Fern angereist, mit dem Flugzeug, der Bahn oder dem Auto? Weil du heute zum ersten Mal die heilige Kommunion empfangen hast! Nun darfst du wie die Erwachsenen daran teilnehmen. Deine Taufpaten, deine Onkel und Tanten, Cousins und Cousinen, die Omas und die Opas – alle sind sie zu dieser besonderen Feier gekommen, zu deinem großen Tag. Wie es sich gehört, hast du dich deswegen richtig schick gemacht. Der Anzug steht dir prima – und die gestreifte Fliege ist der Hit!

Hauptteil: Geschichtlicher Hintergrund. Bedeutung der Kommunion

Maxi, weißt du eigentlich, wem du die heutige Feier zu verdanken hast? Nein? Habt ihr das nicht im Kommunion-Vorbereitungskurs gemacht? Nein? Es war Papst Pius der Zehnte. Er hat zu Beginn des 20. Jahrhunderts, also vor knapp 100 Jahren, die Erstkommunion für Kinder eingeführt. Das Wort Kommunion, ich habe extra im Fremdwörterlexikon nachgeschlagen, kommt aus dem Lateinischen und bedeutet soviel wie »gemeinsame Teilnahme« oder »Gemeinschaft«. In Erinnerung an das letzte Abendmahl empfängt die Gemeinde den Leib Christi in Gestalt von Brot. Und daran durftest du heute zum ersten Mal teilnehmen, lieber Maxi.
Falls sich jetzt einige über meinen geschichtlich-theologischen Ausflug wundern sollten: Ich hole etwas aus bei meiner Ansprache, weil ich weiß, dass unter den Festgästen einige Andersgläubige sind, die mit den katholischen

Gebräuchen und Abläufen nicht vertraut sind und mich im Vorfeld um Erläuterungen gebeten haben.
Mit dem heutigen Tag hat Maxi einen weiteren Schritt in die katholische Glaubensgemeinde getan. Der erste war die Taufe. Davon weißt du natürlich nichts mehr. Damals warst du schließlich noch ein Baby. Schritt zwei hast du heute mit der Kommunion vollzogen. Als dritter und letzter Schritt folgt in vier Jahren die Firmung. Dabei bestätigst du – und zwar aus freien Stücken – deinen Glauben und deine Verbundenheit mit der Kirche. Aber bis dahin ist es noch ein Weilchen.

Fest und Geschenke. Kurzer Blick in die Zukunft

Heute sollst du dich über dein großartiges Kommunionfest und die vielen Geschenke freuen, die du bekommen hast. Von mir hast du dir einen Fotoapparat gewünscht. Diesem Wunsch bin ich gerne nachgekommen. Und wie ich vorhin gesehen habe, hast du auch schon die ersten Fotos geschossen. Ich bin ziemlich gespannt auf die Bilder! Zeig sie mir doch recht bald, ja? Wie alle hier wissen, bin ich ein großer Fan von dir: Mit Interesse verfolge ich zum Beispiel deine Fußball-Karriere. Vielleicht wirst du ja tatsächlich Profikicker bei Bayern München. Das ist zumindest gerade dein aktueller Traumberuf. Für mich hätte das den Vorteil, dass ich dann immer ganz einfach an Eintrittskarten für das Stadion kommen würde. Wenn es wider Erwarten mit der Fußballerei nichts wird, sei nicht traurig: Es gibt noch viele andere interessante Berufe.

Schluss: Überleitung zum Essen. Glückwunsch

Das hat aber alles noch Zeit. Heute wird zuerst einmal gefeiert – und zwar ausgiebig. Jetzt geht es weiter mit dem nächsten Programmpunkt: Das Mittagessen ist fertig, der Koch ist schon ganz ungeduldig. Lieber Maxi, lass dir dein Lieblingsmahl, Schnitzel mit Pommes, schmecken. Herzlichen Glückwunsch zur Kommunion!

Konfirmation

Einleitung: Persönliche Empfindungen zum Anlass

Redner: Onkel
Stil: besinnlich

Meine liebe Judith, liebe Eltern, Verwandte und Freunde,
heute Morgen haben wir in der Peter-und-Paul-Kirche miterlebt, wie du, meine liebe Judith, dich vor dem Altar zum evangelischen Glauben bekannt hast. Gemeinsam haben wir zum ersten Mal das Abendmahl gefeiert. Für mich war das ein beeindruckendes Erlebnis. Die geschmückte Kirche, die nervösen und herausgeputzten Konfirmanden und die unheimlich schöne Predigt von Pfarrer Müller haben mich sehr berührt.

Hauptteil: Erinnerungen. Gedanken zum Konfirmationsspruch (Thema)

Ich war fast so aufgeregt wie bei meiner eigenen Konfirmation vor 25 Jahren. Vor lauter Anspannung und zittrigen Händen konnte ich damals nicht einmal den Krawattenknoten binden. Meine Mutter musste mir dabei helfen. Und das Hemd ist mir ständig aus der Hose gerutscht. Beim Festessen war ich so aufgeregt, dass ich keinen Bissen hinunterbekommen habe. Mein Gott, wenn ich daran denke…
Genug von der Vergangenheit und meinen kleinen Missgeschicken, kommen wir zurück zur Gegenwart. Liebe Judith, dein Konfirmationsspruch gefällt mir außerordentlich gut. Er lautet: »Der Herr ist mein Hirte, mir wird nichts mangeln«, Psalm 23, Vers 1. Ich finde, er macht sehr viel Mut. Ich interpretiere ihn, ohne allerdings auf besondere theologische Kenntnisse zurückgreifen zu können, folgendermaßen: In schwierigen Zeiten kannst du dich auf Gott verlassen, ihn im Gebet um Hilfe bitten und sicher sein, dass er besonders auf dich achtet, denn Hirten passen gut auf ihre Schäfchen auf. Auch das Versprechen, dass es dir an nichts mangeln wird, dass du also immer haben wirst, was du brauchst, finde ich sehr beruhigend.

Konfirmation als Schritt zum Erwachsenenwerden. Ausblick auf die Zukunft

Dass es dir nicht an irdischen Gütern, an Liebe und Geborgenheit fehlt, davon bin ich überzeugt, denn dafür sorgen in allererster Linie deine Eltern. Seit deiner Geburt kümmern sie sich liebevoll um dich, sind immer für dich da und hören sich stets deine kleinen und großen Sorgen an. Zusammen mit deinen beiden Taufpaten haben sich deine Mama und dein Papa in den vergangenen Jahren auch um deine christliche Erziehung gekümmert – vom Kindergottesdienst bis zur Anmeldung zum Konfirmandenunterricht.
Mit dem heutigen Tag, deiner Konfirmation, ist das nun anders geworden. Mit deinem öffentlichen Bekenntnis bist du zu einem vollständigen Gemeindemitglied geworden und kannst künftig in Glaubensfragen eigenständig entscheiden und handeln. Man könnte sagen, du bist in kirchlicher Hinsicht erwachsen geworden. Volljährig im juristischen Sinne wirst du hingegen erst in ein paar Jahren. Da kommen dann noch mehr Rechte, aber auch einige Pflichten hinzu …
Aber darüber brauchst du dir heute noch nicht den Kopf zu zerbrechen. Heute heißt es: Feiern! Und den Alltag Alltag sein lassen. Freu dich stattdessen über den großen Schritt in Richtung Erwachsenendasein, den du heute gemacht hast.

Schluss: Glückwunsch. Wiederholung des Konfirmationsspruchs

Für diesen – zugegebenermaßen manchmal beschwerlichen und steinigen – Weg wünsche ich dir von Herzen alles Gute. Und wenn es einmal nicht so laufen sollte, wie du es dir vorstellst, dann erinnere dich an deinen Konfirmationsspruch: »Der Herr ist mein Hirte, mir wird nichts mangeln.« Doch zunächst einmal hoffe ich, dass du deine Konfirmationsfeier in vollen Zügen genießt – so wie wir alle!

Reden zu Verlobung, Polterabend und Hochzeit

Bevor ein Paar vor den Traualtar tritt, können zwei Festivitäten vorausgehen: die Verlobung und der Polterabend. Reden beim Polterabend dürfen witzig, humorvoll und spritzig sein. Machen Sie ruhig den Brauch selbst zum Thema: Scherben bringen Glück! Sie können aber auch darauf eingehen, wie sich das Paar jetzt, so kurz vor der Hochzeit, wohl fühlt und welche Veränderungen bevorstehen. Im Mittelpunkt einer Verlobungsrede kann die Frage stehen: »Warum sich überhaupt verloben in modernen Zeiten?« Oder Sie sprechen über die Verlobung als traditionelles Ritual und seine Bedeutung.

Ein guter Anknüpfungspunkt für Hochzeitsreden sind die Namen, die der Volksmund den einzelnen Hochzeitsjahrestagen gegeben hat – auch wenn sie meist nicht gefeiert werden. Aber als Redethema eignen sich die Bezeichnungen allemal. So wird etwa der fünfte Hochzeitstag oft »hölzerner« genannt, der achte »blecherne Hochzeit« und der zehnte »Rosenhochzeit«. Informieren Sie sich bei der Vorbereitung jedoch über die regionalen Unterschiede: Beispielsweise wird der erste Hochzeitstag in manchen Gegenden »baumwollene«, in anderen »papierne« Hochzeit genannt. Grüne, silberne und goldene Hochzeit sind die einzigen Tage, über die weitgehend Einigkeit herrscht. Alle übrigen werden unterschiedlich gezählt, gefeiert und bezeichnet. Entsprechend unterschiedlich sind auch die Symbole und damit die Möglichkeiten, Geschenke und Reden darauf zuzuschneiden.

Als Themen für Hochzeit und alle Ehejubiläen bieten sich vor allem Betrachtungen über die Liebe an: was Philosophen, Künstler und Wissenschaftler darüber sagen, welches Bild von ihr in Romanen und Filmen gezeichnet wird, wie sie in Gedichten und Geschichten beschrieben wird. Zu diesem Thema dürfte es Ihnen leichtfallen, eine Fülle von Material zu finden!

Darüber hinaus bietet häufig die persönliche Situation des Brautpaares Besonderheiten, die sich in der Rede aufgreifen oder sogar zum Mittelpunkt machen lassen. Stammen die Ehepartner beispielsweise aus verschiedenen Kulturkreisen, dann können Sie kulturelle Gemeinsamkeiten, aber auch Unterschiede aufzählen und darauf eingehen, dass Liebe und Toleranz Brücken bauen. Übrigens, wenn man es genau nimmt, lässt sich unter diesem Aspekt auch die Verbindung eines Schwaben mit einer Mecklenburgerin beschreiben!

Immer häufiger kommen Verbindungen vor, durch die sogenannte »Patchworkfamilien« entstehen, weil einer oder sogar beide Partner bereits Kinder aus anderen Beziehungen mit in die Ehe bringen. Hier finden Sie eine Menge Themen für Ihre Rede, sei es der turbulente Alltag der Familie, sei es der Wandel des traditionellen Familienbegriffs. Achten Sie in diesen Fällen aber bitte besonders darauf, die Gefühle der Betroffenen nicht zu verletzen. Nicht jedem ist es schließlich recht, an einem Festtag an gescheiterte Ehen der Vergangenheit erinnert zu werden.

Viele junge Leute fragen sich, wie es ihre Eltern, Tanten, Onkel oder Großeltern geschafft haben, 25 oder gar 50 Jahre lang verheiratet zu sein und jetzt die silberne oder goldene Hochzeit zu feiern. Denn heutzutage wird – wie die Statistiken leider beweisen – jede dritte Ehe schon nach wenigen Jahren wieder geschieden. Patentrezepte für glückliche und dauerhafte Ehen scheint es also nicht zu geben. Aber wie die Eheleute selbst Krisen und schwierige Zeiten gemeinsam überstanden haben, daran können Sie bei Ihrer Rede zur silbernen oder goldenen Hochzeit anknüpfen oder diese Frage sogar zum Mittelpunkt Ihrer Ansprache machen.

Beim Rückblick auf ein Vierteljahrhundert oder ein halbes Jahrhundert Ehe können Sie natürlich auch auf die zarten Anfänge dieser Liebesgeschichte hinweisen sowie spannende Geschichten und Episoden aus dem Leben der Eheleute erzählen.

Verlobung

Einleitung: Einstieg mit Zitat

Redner: Vater der Verlobten
Stil: feierlich

Liebe Barbara, lieber Andreas,
als ich meinem langjährigen Freund Richard, seines Zeichens Literaturprofessor an der Universität Tübingen, vor kurzem erzählt habe, dass ihr vorhabt, euch zu verloben, hat er gegrinst und Oscar Wilde zitiert. Der Schriftsteller sagte einmal: »Eine Verlobung, die nicht mindestens einmal gelöst wird, ist nicht ernst gemeint.« Ehrlich gesagt, hat mich diese These kurzzeitig ins Grübeln gebracht.

Hauptteil: Widerspruch zum Zitat. Altmodische Verlobung als neuer Trend

Ich hoffe, meine liebe Tochter und mein künftiger Schwiegersohn sehen von Oscar Wildes Auffassung in Sachen Verlobung ab. Obwohl er ein intelligenter Mann gewesen ist und zu seiner Zeit mit manchen freizügigen Ansichten für Furore gesorgt hat.
Im Gegensatz zu dem Iren Wilde halte ich jedoch nichts von extravaganten Auftritten und Spielereien. Ich setze mehr auf Herkömmliches, Erprobtes. Ja, zugegebenermaßen bin ich etwas altmodisch.
Davon kann bei meiner Tochter zwar überhaupt keine Rede sein. Aber sie sagte schon immer, wenn sie überhaupt einmal heiraten sollte, dann möchte sie sich vorher auch ganz klassisch verloben. Damit das Ganze Hand und Fuß hat.
Seit heute hat es das! Und vielleicht werden Barbara und Andreas sogar Trendsetter in ihrem Bekanntenkreis? Und zwar in Zeiten, in denen die meisten ihrer Freunde sich nicht verloben, ohne Trauschein zusammenleben und keinen Gedanken ans Heiraten verschwenden. Trotz oder gerade wegen des Unkenrufes meines Freundes freue ich mich ganz besonders, dass ihr euch für diesen Schritt entschieden habt.

Volksweisheit. Verlobung als Schritt in die gemeinsame Zukunft

Doch was ist nun von so einem Probelauf zu halten, gemäß dem volkstümlichen Spruch: »Drum prüfe, wer sich ewig bindet, ob sich nicht noch was Bess'res findet«? Da ihr ja nun schon eine ganze Zeit zusammenwohnt und eine sogenannte wilde Ehe führt, würde ich eure Verlobung als einen weiteren Schritt in die gemeinsame Zukunft bezeichnen. Als einen folgerichtigen Schritt von zwei realistischen und verantwortungsvollen Menschen, die sich lieben, gemeinsame Hobbys haben und sowohl im Alltag als auch im Job ihre Frau bzw. ihren Mann stehen.

Ich hoffe, dass die Probezeit für euch tatsächlich nur eine Probezeit pro forma ist und wir dann in einigen Monaten zu eurer Hochzeit eingeladen werden, wenn ihr euer heute gegebenes Eheversprechen in die Tat umsetzt. Denn, wie gesagt, von Oscar Wildes mehrmaligem Verloben halte ich nichts. Gar nichts.

Künftiger Ehemann als neuer Sohn der Familie

Lieber Andreas, wir haben dich in den vergangenen Jahren schätzen gelernt und dich gerne in den Kreis unserer Familie aufgenommen. Auch im Namen meiner Frau kann ich sagen, dass wir dir unsere Tochter guten Gewissens anvertrauen. Ich habe überhaupt nicht das Gefühl, dass wir mit eurem offiziellen Verlöbnis unser Kind an dich verlieren. Im Gegenteil: Wir haben ein weiteres dazubekommen.

Aber sei gewarnt, lieber Schwiegersohn in spe. Solltest du dich Barbara gegenüber nicht ordentlich benehmen, dann stehe ich sofort bei euch auf der Matte, wie man so salopp sagt, und werde dir die Leviten lesen! Scherz beiseite. Ich freue mich sehr, dass wir heute ein paar schöne gemeinsame Stunden verbringen können und die beiden Elternpaare, aber auch die Familien endlich einmal die Gelegenheit haben, sich in Ruhe zu unterhalten und sich besser kennenlernen können.

Schluss: Glückwunsch. Aufforderung zum Ringtausch

Ich wünsche euch alles Gute für einen langen gemeinsamen, zufriedenen und glücklichen Lebensweg. Herzlichen Glückwunsch zu eurer Verlobung!
Bevor wir jetzt gemeinsam auf das Wohl von Barbara und Andreas anstoßen, gibt es aber noch eine Kleinigkeit zu erledigen. Wie es sich für eine richtige, traditionelle Verlobung gehört: Nun sind die Hauptpersonen dran, mit dem Ringtausch und der symbolischen Besiegelung der Verlobung durch einen Kuss. Bitte schön!

Polterabend

Einleitung: Gruß. Grund der Party (Punkt 1 und 2 der → GGGG-Formel S. 33)

Redner: Freund
Stil: witzig-spritzig

Liebe Gaby, lieber Luis,
wie immer haben wir weder Kosten noch Mühen gescheut, um heute beim Polterabend bei euch groß aufschlagen zu können. Ich kann euch versichern, es hat uns einige Schweißtropfen gekostet, die ganzen Kartons und Tüten mit Tellern, Terrinen, Tassen und sonstigem Krimskrams aus Porzellan zu füllen. Aber die Aussicht auf eine Glück verheißende Scherbenorgie mit anschließender Party ließ uns die Anstrengung bei der Sammelaktion vergessen.

Hauptteil: Polterabend als Vorbereitung auf künftige Hausmannspflichten

Auf dich, Luis, kommt jetzt gleich viel Arbeit zu. Denn das Reglement des Polterabends verlangt – Ausnahmen sind nicht zulässig –, dass der Mann die Sauerei beseitigt und zum Besen greift. Sinnbildlich steht das für deine künf-

tigen Aufgaben als Ehe- und Hausmann. Zumindest den Staubsauger und die Spülmaschine hast du inzwischen gut im Griff, Luis. Davon habe ich mich mehrfach überzeugt. Aber ich bin sicher, dass deine Fähigkeiten auf diesem Gebiet ausbaubar sind.

Persönliche Erinnerung an die Anfänge der Beziehung (Punkt 3 der → GGGG-Formel)

Wie kamen Gaby und Luis überhaupt zusammen? Wer die Anfänge ihrer Beziehung mitbekommen hat, der ist sicher jetzt ganz froh, dass die beiden endlich die Kurve gekriegt haben. Kennengelernt hat sich das künftige Ehepaar bei mir, bei einem Brunch. Ich hatte meinen alten Kumpel Luis eingeladen und auch meine Kollegin Beate, die dann spontan ihre Freundin Gaby mitgebracht hat. Irgendwie – die Details weiß ich nicht mehr, ich war ja Gastgeber und hatte alle Hände voll zu tun, um die gierigen Mäuler zu stopfen – kamen die beiden ins Gespräch. Sie unterhielten sich den ganzen Abend prächtig – über Musik.
Ein paar Tage später erzählte mir Luis, dass er Gaby zu einem Konzert begleiten würde. Ich dachte nur: »Hoppla – Luis und klassische Musik. Da ist was im Busch.« War auch. Aber nur kurze Zeit. Kleinlaut berichtete er, dass es mit der Gaby doch nicht so geklappt hatte, wie er sich das gewünscht hätte.
Dann herrschte erst einmal Funkstille zwischen den beiden. Bis vor zwei Jahren. Sie trafen sich zufällig im Kino bei »Mr. & Mrs. Smith«, dem Kassenschlager mit Angelina Jolie und Brad Pitt. Es kam, wie es kommen musste. Gaby und Luis haben sich verliebt, wie im Übrigen die beiden Hauptdarsteller des Filmes bei den Dreharbeiten auch.

5

Scherben als Glücksbringer

Nun sind Luis und Gaby auf bestem Wege, Mr. & Mrs. Steinmeier zu werden. Damit das klappt, produzieren wir gleich nach Kräften Abertausende von Scherben, die euch in den kommenden Tagen, Wochen, Monaten und Jahren viel Glück bescheren sollen.

Schluss: Aufforderung zum vorehelichen Teamwork. Glückwunsch (Punkt 4 der → GGGG-Formel)

Lieber Luis, hol den Besen und den Mülleimer und kremple die Ärmel hoch. Du wirst sicher ganz heftig ins Schwitzen kommen, das verspreche ich dir. Du, Gaby, darfst ihn ordentlich anfeuern, und spare nicht mit Kritik, wenn er seine Sache als Hausmann nicht gescheit macht. Noch ist Zeit, ihn auszubilden. Viel Glück und Erfolg dabei und natürlich auch auf eurem gemeinsamen Lebensweg.

Hochzeit

Einleitung: Gedicht. Toast und Glückwunsch

Redner: Vater der Braut

Stil: humorvoll

Liebe Sabine, lieber Thilo, verehrte Hochzeitsgäste,
lange habe ich mir überlegt, wie ich meine Rede am besten beginne. Keine Idee wollte so richtig zünden, doch dann fand ich dieses volkstümliche Gedicht:

»Der holden Braut zu Ehren
ein volles Glas zu leeren
wird niemand mir verwehren,
auch stimmen alle fröhlich ein:
Die schöne Braut soll glücklich sein!«

In diesem Sinne: Trinken wir auf die schöne Braut, ihr Glück und ihren frisch angetrauten Gatten Thilo! Ein Prosit den beiden und herzlichen Glückwunsch zur Vermählung!

Hauptteil: Sprichwort (Thema). Hochzeitsessen früher und heute

»Liebe geht durch den Magen«, beliebte meine Mutter früher immer zu mir zu sagen, wenn wir im Fernsehen verliebte und sich küssende Paare gesehen haben. Sie wusste, wovon sie sprach, denn Ottilie ist eine hervorragende Köchin und verwöhnt ihren Mann, also meinen Vater, immer noch mit kulinarischen Leckereien. Über 55 Jahre sind die beiden verheiratet. Ob das nur am leckeren Essen liegt und an der Liebe, die durch den Magen geht? Sicher nicht. Aber es hat ganz bestimmt dazu beigetragen.
Früher wurde bei uns auf der Schwäbischen Alb zu Beginn eines Hochzeitsmenüs üblicherweise Hirnsuppe serviert. Im Zeitalter von BSE und Rinderwahnsinn ist solch eine Suppe, die ich im Übrigen immer gern gegessen habe, von den Speisekarten verschwunden. Deswegen gibt es nachher auch zuerst eine Griesnockerlsuppe, dann folgt ein Hasenbraten mit verschiedenen Beilagen, und am Ende zaubert der Koch für alle Gäste ein Dessert aus frischen Feigen und Eis.

Hobby der Braut mit Beispielen

Auf Feigen steht nämlich mein Schwiegersohn ganz besonders. Er ist eben ein Feinschmecker. Deswegen wundert es mich nicht, dass Thilo Sabine zur Frau auserkoren hat. Denn meine Tochter ist wie ihre Großmutter eine großartige Köchin: Immer wieder probiert sie neue Rezepte aus und lädt Freunde und Verwandte zu Leckereien aus Italien, Thailand oder dem Schwabenländle ein. Herrlich, ich freue mich schon auf die nächste Einladung.
Und woher hat Sabine all ihre Ideen, fragen Sie sich? Natürlich besitzt sie einen Haufen toller Kochbücher. Aber sie hält auch im Internet Ausschau nach Rezepten, und vor allem lässt sie keine der Kochsendungen im Fernsehen aus. Ihr aktueller Favorit ist Johann Lafer. Die von ihm hergestellten Köstlichkeiten für alle Sinne sind Sabines Vorbild. Mit großen Augen sitzt mein Töchterlein deshalb vor der Mattscheibe, so wie früher. Doch damals

hat sie sich am liebsten die tierischen Fernsehserien »Flipper« oder »Lassie« angesehen, während sie heute jeden einzelnen Schritt des Starkochs verfolgt.

Vorlieben von Braut und Bräutigam ergänzen sich. Zitat

Tja, die Zeiten ändern sich eben. Nicht nur Sabines Vorliebe für bestimmte TV-Sendungen hat sich geändert, auch die Leidenschaft fürs Kochen ist bei ihr erst ein paar Jahre alt. Die hat sie bei einem Thailandurlaub und einem Kochkurs unter Palmen mit ihrer Freundin Julia entdeckt. Früher stand die Braut nämlich überhaupt nicht gerne am Herd. Deshalb freut es mich umso mehr, liebe Sabine, dass du prompt einen Partner gefunden hast, der dein Hobby teilt, mit dir kulinarische Kunststückchen zaubert und die natürlich auch gerne verspeist.
Die einzig wirklich hitzigen Diskussionen bei euch – so viel ich jedenfalls weiß – drehten sich in der Vergangenheit immer wieder um die Frage, wer in der Küche das Kommando führt. Ich gehe mal davon aus, dass sich daran auch nach der Hochzeit nichts ändert, denn wie sagte schon der alte Goethe: »Im Ehestand muss man sich manchmal streiten, denn dadurch erfährt man was voneinander.«

Schluss: Glückwunsch. Ratschläge für die Ehe. Wiederholung des Sprichworts vom Anfang

Thema Ehestand: Für euren gemeinsamen Lebensweg wünsche ich euch viel Glück und viel Sonnenschein. Schwierigkeiten können immer einmal auftauchen. Wichtig ist dann nur, dass ihr sie gemeinsam bewältigt. Denn dann wiegen sie nur halb so schwer, gemäß dem Motto: Geteiltes Leid ist halbes Leid. Aber auch Freude, Glück und Zufriedenheit solltet ihr miteinander teilen, denn sie wiegen dann doppelt schwer.
Lauter glückliche Tage mit vielen Überraschungen – natürlich nur guten – wünsche ich euch. Guten Appetit, meine Lieben! Und denkt dran: Liebe geht durch den Magen!

Multikulturelle Hochzeit

Einleitung: Zweisprachige Begrüßung

Redner: Vater des Bräutigams
Stil: feierlich

Liebe Leyla, lieber Tom, verehrte Gäste,
herzlich willkommen zu dieser, wie man so schön sagt, multikulturellen Hochzeitsfeier. Auf türkisch heißt »herzlich willkommen« hoşgeldiniz! Also, noch einmal: »Hoşgeldiniz!« – Leider umfassen meine türkischen Sprachkenntnisse nur dieses eine Wort. Aber ich denke, das kann sich schnell ändern. Vielleicht erweitere ich meinen Wortschatz gleich heute und suche mir unter Leylas Verwandten einen geduldigen Nachhilfelehrer, denn Fremdsprachen fallen mir im Allgemeinen recht schwer.

Hauptteil: Sprichwort. Kulturelle Unterschiede erfordern Geduld und Toleranz

In Deutschland gibt es ein Sprichwort, das sagt, dass sich Gegensätze anziehen. Wenn ich das strahlende Brautpaar sehe und die muntere deutsch-türkische Festgesellschaft, dann trifft das Sprichwort voll ins Schwarze. Doch wie groß sind die Unterschiede, die Gegensätze zwischen der islamischen und der christlichen Welt? Welche Gemeinsamkeiten verbinden die deutsche und die türkische Bevölkerung? Eine umfassende Antwort auf diese Fragen würde Stunden dauern, aber so viel Redezeit steht mir nicht zu.
Die Frage, die mir einige meiner Freunde und Kollegen gestellt haben, als ich ihnen von der Hochzeit meines Sohnes mit einer türkischen Frau erzählt habe, kann ich hingegen in Kürze beantworten. Auf die Frage »Kann eine Ehe zweier Menschen aus ganz verschiedenen Kulturkreisen halten?« gibt es von mir ein eindeutiges »Ja«. Wenn einige Voraussetzungen – über die gegenseitige Liebe hinaus – erfüllt sind: Erstens müssen beide Ehepartner ein gehöriges Maß an Geduld und Verständnis mitbringen. Außerdem sind neben einer großen Portion Einfühlungsvermögen und einer gesunden Neugierde vor allem gegenseitiger Respekt und Achtung gefragt.

Persönlichkeit des Sohnes. Beispiele

Neugierde besitzt mein Sohn Tom eine ganze Menge: Schon von Kindesbeinen an hat er alles Mögliche und Unmögliche ausprobiert. Alles Unbekannte musste er untersuchen – sei es ein Käfer, der im Garten herumkrabbelte, die Knöpfe der Waschmaschine oder der Inhalt meiner Werkzeugkiste.
Das ist bis heute so geblieben. Ganz zu schweigen von seinen teilweise recht spontanen, aus dem Bauch heraus getroffenen Entscheidungen. Das war bei dem Entschluss zu heiraten keinen Deut anders. Warum lange nachdenken? Das ist nicht die Art meines Sohnes. »Das passt schon, Papa«, sagte er zu mir. Mir hat das, ehrlich gesagt, zunächst gar nicht gefallen. Denn auch in meinem Kopf schwirrte die Frage herum: »Kann das gut gehen? Wäre es nicht besser, die beiden würden noch eine Weile mit dem Heiraten warten?«

Rückkehr zum Thema: Toleranz als Grundstein der Ehe

Trotz meiner ursprünglichen Zweifel denke ich inzwischen: »Ja, Leyla und Tom passen zusammen.« Denn sie sind äußerst tolerant und Neuem gegenüber aufgeschlossen. Auf diesen Werten lässt sich eine gute und glückliche Ehe aufbauen. Ich bin sicher, das wird euch gelingen.

Schluss: Hilfsangebot. Geschenk und Glückwunsch

Sollte euch dennoch einmal der eine oder andere Widerstand in Form eines großen Felsbrockens den Weg versperren, dann meldet euch. Dann werden wir gemeinsam den Felsbrocken zu feinem Sand zermahlen. Weil Toms Mutter und ich wissen, wie gerne ihr euch in warmem Sand und großen Wellen tummelt, haben wir einen Geschenkgutschein vorbereitet. Wo geht die Hochzeitsreise hin? Natürlich in die Karibik. Davon habt ihr schon lange geträumt. Dass eure anderen Träume und Wünsche in Erfüllung gehen, wünschen wir euch von Herzen. Herzlichen Glückwunsch zur Hochzeit!

Zweite Hochzeit

Einleitung: Quizfrage

Rednerin: Freundin
Stil: gelassen, heiter

Liebe Brigitte,
du kennst doch die Quiz-Sendung »Wer wird Millionär?« mit Günther Jauch? Ja? Also, stell dir vor, es kommt jetzt die 125 000-Euro-Frage, und du bist die Kandidatin. Die Frage lautet:
Was haben die frühere Nachrichtensprecherin Eva Herman und Ex-Bundeskanzler Gerhard Schröder gemeinsam?
Du hast vier Antwortmöglichkeiten zur Auswahl:

- *Lösung A: Beide wurden in Emden geboren.*
- *Lösung B: Beide haben zwei Söhne.*
- *Lösung C: Beide waren mehrmals verheiratet.*
- *Lösung D: Beide fahren einen Ferrari.*

Nun, Brigitte, für welche Antwort entscheidest du dich?
… Stimmt! Glückwunsch!!!
Antwort C war richtig: Schröder und Herman waren mehrmals verheiratet. Um genau zu sein, standen sie jeweils viermal vor dem Standesbeamten. Ich hoffe, dass die Prominenten in dieser Hinsicht für dich kein Vorbild sind!

Hauptteil: Rückblick auf die Zeit zwischen den beiden Ehen

Vorbildlich lief es hingegen bei dir seit dem Ende von Ehe Nummer eins: Du hast Studium und Referendariat abgeschlossen, warst Leiterin einer Beratungsstelle, und nun unterrichtest du Deutsch und Sport an einer Berufsschule – mit einem unbefristeten Vertrag. Glückwunsch, Frau Lehrerin! Aber nicht nur beruflich ging es steil bergauf: Du nennst inzwischen eine schöne Dachwohnung dein Eigen und besitzt zusammen mit Thomas noch ein kleines Häuschen. Apropos Thomas: Er ist der Grund, warum wir heute – nach zwölf Jahren wilder Ehe – deine zweite Hochzeit feiern.

Gemeinsamkeiten des Brautpaares als Voraussetzung für das Gelingen des zweiten Versuchs

Liebe Brigitte, ich hoffe und wünsche dir von ganzem Herzen, dass deine zweite Heirat nun der Bund fürs Leben wird. Mit Thomas hast du den richtigen Partner gefunden, da bin ich sicher: Ihr begeistert euch beide für Sport, und zwar insbesondere für Handball, wurstelt gerne in eurem Garten herum und habt einen ähnlichen Humor. Gleichzeitig lasst ihr euch eure Freiheiten. Während Thomas gerne mit seiner heißen Maschine und seinen Motorradkumpels über die Alpen düst, besucht Brigitte ihre Freundinnen. Unter anderem mich in München. Außerdem habt ihr ja nun schon einige Jahre wilder Ehe hinter euch und wisst, wie der andere so tickt.

Schluss: Glückwunsch, Zitat, Toast

Ich wünsche euch noch viele wilde Jahre als offizielles Paar. Oder wie Woody Allen – übrigens auch Mehrfachtäter – es einmal beschrieb: »Die Ehe ist der Versuch, zu zweit mit den Problemen fertig zu werden, die man alleine niemals gehabt hätte.« In diesem Sinne: Gutes Gelingen und auf euer Wohl!

Silberne Hochzeit

Einleitung: Nennung des Anlasses

Rednerin: Tochter
Stil: feierlich

Liebe Sonja, lieber Fritz, liebe Verwandte und Freunde, ich freue mich besonders, zu diesem Anlass ein paar Worte sagen zu dürfen, denn wir feiern ja heute nicht nur eine »ganz normale« Hochzeit, sondern das 25-jährige Ehejubiläum meiner Eltern, Sonja und Fritz.

Hauptteil: Rückblick auf die Umstände der Hochzeit

Es ist nun schon ein Vierteljahrhundert her, dass ihr euch das Ja-Wort gegeben habt – allerdings nicht ganz freiwillig, denn ich war unterwegs. Damals gehörte es sich nicht, ein uneheliches Kind in die Welt zu setzen. Aber offenbar war die Situation für euch nicht so dramatisch, wie es sich jetzt vielleicht anhört: Mama erzählte mir einmal: »Wir liebten uns und hätten kurze Zeit später sowieso geheiratet.« Wie man sieht, stand diese unfreiwillige-freiwillige Entscheidung unter einem guten Stern. Sonst säßen wir jetzt nicht hier, um euch zu feiern.

Glückwunsch. Gedicht

Zur Silbernen Hochzeit gratuliere ich euch herzlich und zitiere anlässlich dieses Festtages ein Gedicht eines unbekannten Lyrikers aus dem 19. Jahrhundert:

Oft schon hat in stillem Kreise
hier die Freude euch geeint;
Doch in festlich froher Weise
heut die traute Schar erscheint.

Fünfundzwanzig Jahre flossen
reich gesegnet euch dahin;
Kinder diesem Bund entsprossen –
euch zur Freude sie erblühn.

Dankend schaut ihr heut zurücke
Auf der Jahre schöne Zahl,
richtet nochmals frohe Blicke
auf des Herzens freie Wahl.

Doch des Tages Feier lenket
auch den Blick aufs Künft'ge hin:
Sei euch reichlich noch geschenket
Frohsinn, Freude, Liebessinn!

Umgang des Ehepaars mit Konflikten. Persönliche Erinnerungen

Frohsinn, Freude, Liebessinn. Das wünsche ich euch, liebe Mama und lieber Papa, für die nächsten 25 Jahre. Ich hoffe, dass ihr beiden euch besonders den Liebessinn bis zur goldenen Hochzeit bewahrt. Klar, manchmal zankt ihr euch recht ordentlich. Und Diskussionen und Meinungsverschiedenheiten habt ihr beiden miteinander, seit ich denken kann. Eines Abends beispielsweise, ich mag so etwa 6 oder 7 Jahre alt gewesen sein, ging es um die Frage, wie lange ich aufbleiben dürfte. Meine Mutter wollte, dass ich direkt nach dem »Sandmännchen« ins Bett gehe, während mein Vater großzügiger war und noch zehn Minuten drauflegte. Das Ende der Diskussion: Eine Woche musste ich direkt nach dem »Sandmännchen« ins Bett. Die folgende Woche durfte ich länger aufbleiben. Diesen Kompromiss handelten meine Eltern miteinander aus. Und genau das schätze ich so an Sonja und Fritz: Mag die Auseinandersetzung auch noch so heftig gewesen sein, am Ende gab es immer eine Lösung. Eine Lösung, mit der beide zufrieden waren, so dass die ganze Angelegenheit schnell vergessen war. So lernte auch ich, dass diese Art der Auseinandersetzung zu einer lebendigen Beziehung gehört – ebenso wie die gegenseitige Achtung und Liebe.

Schluss: Gute Wünsche, Toast

Auf dass ihr, Mama und Papa, auch weiterhin in guten und in schlechten Tagen zueinander steht und immer die passenden Kompromisse findet. Dass eure Liebe und euer Vertrauen, aber auch eure Diskussionsfreudigkeit weiterhin für eine lebendige Beziehung sorgen. Lasst uns auf euer Wohl und Glück gemeinsam trinken!

Goldene Hochzeit

Einleitung: Wie alles anfing

Redner: Vereinskamerad
Stil: unterhaltend

Liebe Yvonne, lieber Toni,
ihr könnt euch sicher noch gut daran erinnern, wie alles angefangen hat – aber von euren Gästen dürften nicht alle die Episode kennen. Vor gut 52 Jahren waren wir mit einer Clique des Deutschen Alpenvereins mit zehn, zwölf Leuten beim Klettern im Donautal – an Ostern. Alle Zweier-Seilschaften, so nennt man das in Bergsteigerkreisen, waren mitten in ihren Touren, als urplötzlich ein Gewitter aufkam: Es donnerte, es blitzte, es stürmte, es hagelte, es war richtig gruselig. Der Himmel war vollkommen dunkel – fast so wie bei der »SoFi«, der Sonnenfinsternis am 11. August 1999. Wir mussten uns, die ganzen Seile, die Karabiner und unsere Rucksäcke blitzartig in Sicherheit bringen.
Vollkommen durchnässt und blau gefroren suchten wir Schutz in einem Gasthof. Der Wirt war nicht sonderlich begeistert, aber er machte gute Miene zum bösen Spiel. Heißer Tee mit Rum und ein deftiges Mahl mit Gulasch und Nudeln weckten unsere Lebensgeister wieder.

Hauptteil: Beginn der Beziehung

Auch Amor hatte sich nach der Klettertour im Lokal »Schwarzer Adler« eingefunden, denn an diesem Nachmittag kamen sich Yvonne und Toni näher. Doch wer hätte gedacht, dass aus dieser Sportler-Romanze ein Ehepaar wird, das sogar einmal goldene Hochzeit feiert? Ich nicht unbedingt. Ich hatte da so meine Zweifel, denn anfangs kabbelten sich Yvonne und Toni ordentlich – nicht nur beim Bergsteigen, aber da ganz besonders. Zwar waren sie mit einem Seil verbunden und hingen sozusagen an einem Strang, aber sie konnten sich nicht einigen, wer denn nun als Erster in die Wand einsteigen durfte und damit das Kommando übernahm. Wir anderen haben uns über die beiden und ihre Diskussionen am Berg immer prächtig amüsiert.

Zitat: Rolle der Frau beim Bergsteigen

Etwas zu kämpfen hatte Toni auch mit einer anderen Tatsache, die Reinhold Messner, der berühmte Bergsteiger, so beschrieben hat: »Die Frau ist so lange unterdrückt worden, dass sie gar nicht auf die Idee gekommen ist, sie könnte genauso gut, wenn nicht besser bergsteigen als der Mann…«
Das mag auf viele Alpinistinnen zutreffen, nicht jedoch auf Yvonne. Sie brachte nicht nur frischen Wind in unsere Alpenvereinssektion, sondern scherte sich auch nicht um die traditionellen Rollenzuweisungen von Mann und Frau und die körperliche Überlegenheit und das damit zusammenhängende vermeintliche bessere Können der Männer. Damit brachte sie Toni ganz schön in die Bredouille. Einige Male gestand er mir, dass es ihn ganz schön wurme, dass Yvonne besser klettere als er und schwierigere Touren angehe. Was soll ich sagen, Männer… Mit der Zeit hat er die sportliche Überlegenheit seiner Frau jedoch akzeptiert und sogar ein klein wenig damit angegeben.

Vergleich zwischen Ehe und Kletterseilschaft

Allein die körperliche Leistung und die technischen Fertigkeiten garantieren allerdings beim Klettern noch keinen Gipfelsturm. Eine erfolgreiche Seilschaft muss an einem Strang ziehen, ein gemeinsames Ziel verfolgen und darf die Risiken und Gefahren nicht außer Acht lassen. Sie braucht zudem den gegenseitigen Respekt der Kletterpartner und ein großes Maß an Vertrauen. Lauter Dinge, die es auch in einer Ehe zu berücksichtigen gilt. Offensichtlich haben Yvonne und Toni dies getan und machen es noch immer – am Berg und im Leben.

Schluss: Glückwunsch

Jetzt seid ihr schon 50 Jahre verheiratet. Respekt! Ich habe das ja nicht geschafft… Aber lassen wir das. Als euer langjähriger Freund, Kletterpartner und Vereinskamerad gratuliere ich euch herzlich zur goldenen Hochzeit und wünsche euch und uns noch viele gemeinsame und vergnügliche Bergtouren und rauschende Partys. So wie früher halt…

Kurze Reden für fröhliche Anlässe

Sie sind zwar nicht mehr obligatorisch, aber doch ab und zu gefragt: ein paar kurze Sätze bei fröhlichen Anlässen – wie beim Einzug von Freunden ins neue Heim, einer bestandenen Prüfung oder einem Essen. Bei Einladungen oder Festessen aller Art ist es ratsam, die geplante Speisenfolge und den Genuss des Essens nicht durch zu lange Redezeit zu beeinträchtigen. Optimistisch gehaltene, knackige Toasts reichen vollkommen aus.

Unabhängig davon, ob Sie von den Gastgebern zu einer kurzen Ansprache aufgefordert werden oder freiwillig eine vorbereitete Rede halten wollen: Nutzen Sie jede Gelegenheit zum Üben. Im privaten Kreis müssen Sie nicht perfekt sein, das erwartet niemand. Aber Sie werden sicher gelobt, wenn Sie – und sei es nur mit ein paar Sätzen – ein Ereignis gebührend würdigen und so zu schönen und erinnerungswerten Stunden im Kreis von Verwandten und Freunden beitragen.

Hauseinweihungsparty

Einleitung: Glückwunsch zum neuen Domizil. Ende der Anstrengung

Redner: Freund
Stil: locker

Liebe Anke, lieber Erhard, liebe Romy und lieber Pirmin,
schön, dass ihr Vier nun euer neues Zuhause bezogen habt. Dazu gratuliere ich euch ganz herzlich. Die Schufterei hat jetzt für alle Beteiligten erst mal ein Ende, und Erhard wird sich sicher freuen, dass er von seinen Kumpels die schwäbischen Liedzeilen »Schaffe, schaffe Häusle baue und net nach de Mädle schaue« nicht mehr länger ertragen muss. Nun kann er samstags wieder in Ruhe im »Bären« die Sportschau gucken.

Hauptteil: Rückblick auf den Umzug. Lob für das gemütliche Haus

Beim Umzug vor drei Wochen haben die anderen Helfer und ich bei Kiste Nummer 127 aufgehört zu zählen. Aber wie ich heute erstaunt feststelle, ist nirgends mehr ein Karton zu sehen – alles scheint eingeräumt zu sein und seinen neuen Platz gefunden zu haben. War aber auch Zeit, oder, Anke? Denn die letzten Wochen haben doch ganz schön an den Nerven gezerrt. Mal hat da was nicht termingerecht geklappt, mal hat dort ein Handwerker geschlampert. Ich erinnere nur an die Fliesen im Bad. Die wurden nicht fachmännisch verlegt und schlugen nach zwei Tagen richtige Wellen. Mann, sah das lustig aus… Das Ende der Geschichte war jedoch: Fliesen rausreißen und noch mal neu verlegen. Das war wirklich ein Akt!
Doch nun ist das Meiste geschafft, und ich muss sagen: Kompliment! Schön ist alles geworden, richtig gemütlich. In eurem neuen Domizil, in eurem »Häusle«, könnt ihr euch nun richtig ausbreiten und wohlfühlen.

Geschenk zur Erholung vom Bau- und Umzugsstress

Wir wollen dazu natürlich unseren Teil beitragen. Deshalb haben wir für euch ein Familien-Wohlfühl-Wochenend-Programm zusammengebastelt: Vom Frühstück über den Zoobesuch bis hin zum Pizzaessen ist alles organisiert, damit ihr euch vollends von den Häusle-Bau-und-Umzugs-Strapazen erholen könnt.

Glückwunsch. Ankündigung weiterer Besuche

Liebe Anke, lieber Erhard: Viel Glück, Gesundheit und Zufriedenheit im neuen Heim, in das ihr jetzt mit euren Kindern eingezogen seid. Und keine Sorge: Wir kommen auch hier gerne her und besuchen euch. Also schaut, dass Kühlschrank und Keller immer gut gefüllt sind! Denn wie heißt es in einem alten Sprichwort: »Gastfreundschaft ist des Hauses schönste Zier!«

Abitur

Einleitung: Nennung des Anlasses. Glückwunsch

Rednerin: ältere Schwester
Stil: fröhlich

Lieber Reiner,
wir alle hier haben zwar nicht unbedingt damit gerechnet nach deiner Ehrenrunde im vorletzten Schuljahr, aber jetzt hast du es tatsächlich geschafft: Du hast das Abitur gepackt! Die Harten kommen halt durch, gelle?
Sogar deine Abschlussnote ist nicht so schlecht ausgefallen, wie wir befürchtet haben: Immerhin steht noch eine Zwei vor dem Komma. O.K., du kannst damit nicht Medizin studieren, aber soviel ich weiß, interessiert dich das sowieso kein bisschen. Reiner, ich bin stolz auf dich, mein kleiner Bruder. Zum bestandenen Abitur herzlichen Glückwunsch.

Hauptteil: Pläne des Abiturienten

Keine Angst, ich fange jetzt nicht an, vom Ernst des Lebens zu labern. Ich will ja nicht als die Partyspaß-Vernichter-Schwester in die Geschichte eingehen. Und außerdem startest du sowieso ganz gemächlich in die Nach-Schule-Ära: Die nächsten vier, fünf Monate reist du durch die Weltgeschichte. Ich muss zugeben, ich bin etwas neidisch, denn ich muss arbeiten. Aber ich hoffe, dass du mich per E-Mail auf dem Laufenden hältst und mir ausführlich von deinen Abenteuern in Nepal, Thailand, Malaysia und Singapur berichtest. Bilder sind natürlich erwünscht – massenweise!

Schluss: Ernst des Lebens. Aufforderung zum Feiern

Nach deiner Südost-Asien-Reise ruft aber der Zivildienst! Bis du im harten Berufsalltag ankommst und ordentlich schuften musst, solltest du die noch verbleibende Zeit ordentlich genießen. Fang am besten jetzt damit an. Was haltet ihr davon? Prima Idee, oder? Also Bier raus, Licht aus, Musik an, Party ab!

Promotion

Einleitung: Liebevolle Stichelei über den neuen Titel

Rednerin: Mutter
Stil: humorvoll

Lieber Martin,
oder sollte ich dich jetzt lieber mit Herr Doktor oder Doc Martin ansprechen? Nein, das wäre dir sicherlich gar nicht recht. So wie es dir zuerst auch gar nicht recht gewesen ist, dass wir beschlossen haben, für dich ein Promotionsfest zu organisieren. Du hast dich lange gegen diese Party gesträubt, aber inzwischen scheinst selbst du den heutigen Abend zu genießen. Zumindest sehe ich dich die ganze Zeit grinsen und aufgeregt mit deinen Gästen quatschen.

Hauptteil: Nennung des Promotionsthemas. Rückblick: Wie alles begann

Ehrlich gesagt, hätte ich nicht gedacht, dass mein Sohn einmal über das Thema »Troja – die mythische Stadt und ihre Darstellung in den Medien« seine Dissertation schreiben und sie mit der besten Note abschließen würde. Dass du später mal etwas im Bereich Medien, Film und Fernsehen machen möchtest, das war klar. Schon als kleiner Junge hast du dir einen Fotoapparat gewünscht, und als Teenie war dein größter Traum eine Video-8-Kamera. Dein Vater und ich haben dir eine gekauft. Und du hast Kassette um Kassette gefüllt. Aber an Archäologie warst du damals noch nicht interessiert.

Persönliche Erinnerungen an den langen Weg zum Titel

Diese Leidenschaft entwickelte sich erst später. An der Uni hast du während deines Studiums einen Professor kennengelernt, der für ein Ausgrabungsprojekt in Troja einen Fotografen und Dokumentarfilmer suchte. Du hast dich beworben, und schon drei Tage später ging es im Flieger Richtung Türkei. Als dann nach dem Examen die Frage: »Dissertation ja oder nein?« im Raum stand, hast du nicht lange überlegt: »Mama, ich schreib was über Troja«, hast du mir vor drei Jahren am Telefon mitgeteilt und warst vollkommen glücklich. Zumal du die Finanzierung teilweise über ein Stipendium abdecken konntest, stand der wissenschaftlichen Karriere nichts im Wege. Klar, die darauf folgenden Jahre waren hart: Aus Lesen, Lesen, Lesen, Schreiben, Schreiben, Schreiben bestand fortan dein Alltag, aber meistens warst du ganz gut drauf und zufrieden mit deiner Arbeit, was mich besonders für dich gefreut hat.

Schluss: Glückwunsch. Toast

Der Aufwand, dein Durchhaltevermögen und die Mühe haben sich gelohnt: Mit Summa cum laude, also einer glatten Eins, wurde deine Dissertation bewertet. Glückwunsch, mein Sohn! Lasst uns gemeinsam auf Troja und die akademischen Doktorweihen von Martin trinken! Prosit!

Meisterprüfung

Einleitung: Definition der Meisterprüfung. Toast

Redner: Kollege
Stil: heiter

Lieber Hans-Jörg,
wir alle wissen, dass du ein großer Internet-Freak bist. Deshalb habe ich im Netz mal geschaut, was es zum Thema Meisterprüfung gibt. Im Online-Lexikon Wikipedia habe ich folgende Definition gefunden:

»Die handwerkliche Meisterprüfung ist ein … Nachweis über die Befähigung, einen Handwerksbetrieb selbstständig zu führen und die Lehrlinge ordnungsgemäß auszubilden, ferner für das Vorhandensein der notwendigen fachlichen, betriebswirtschaftlichen, kaufmännischen, rechtlichen und berufserzieherischen Kenntnisse …«

All diese Voraussetzungen erfüllst du nun, und der Meisterbrief samt Siegel hängt schon in deinem Büro. Lasst uns deshalb erst einmal auf deinen Fleiß, deine Zielstrebigkeit, dein Durchhaltevermögen und die harte Arbeit in den vergangenen Jahren trinken. Prosit auf den Meister des Garten- und Landschaftsbaus!

Hauptteil: Rückblick auf die gemeinsame Jugend und die unterschiedlichen Schul- und Berufswege

Lieber Hans-Jörg, wir kennen uns schon fast unser ganzes Leben lang. Wir sind zusammen in den Kindergarten und die Grundschule gegangen und haben nachmittags immer auf der Wiese hinter unserem Haus gekickt. Nach der vierten Klasse trennten sich jedoch unsere Wege: Während du dich für die Realschule entschieden hast, bin ich aufs Gymnasium gegangen. Das fanden damals weder deine Eltern noch ich gut. Ich habe meinen besten Freund und Banknachbarn vermisst, und deine Mutter und dein Vater mussten sich von der Idee verabschieden, dass du Abitur machen und dann an die Universität gehen würdest. Mit »Nö, ich will nicht studieren, ich mache nach der Schule lieber eine Lehre« hast du deine Entscheidung damals begründet.
Stundenlang in Vorlesungen zu sitzen, Hausarbeiten zu schreiben und dich in theoretischen Welten zu tummeln, das wäre nicht dein Ding gewesen.
Schon als Junge hast du oft zusammen mit deiner Mutter im Garten gewerkelt: Beete umgegraben, Hecken geschnitten, Gemüse angepflanzt, Kräuter gezogen und Rosensträucher gesetzt. Und dann hast du stolz erzählt, wie alles prächtig gedeiht und was du alles geerntet hast. Tja, den grünen Daumen hat dir wohl deine Mama vererbt.

Überleitung zur Gegenwart

Folgerichtig hast du nach der Schule eine Lehre als Landschaftsgärtner begonnen. Nachdem du die Gesellenprüfung in der Tasche hattest, war recht schnell klar: Jetzt muss noch der Meister her! Du wolltest schließlich dein eigener

Herr und eben Meister sein. Im Vollzeit-Unterricht hast du dann die ganzen theoretischen Dinge gelernt, die einen Meister seines Fachs auszeichnen. Dazu kamen mehrwöchige, praktisch orientierte Lehrgänge mit vielen Betriebs- und Baustellenbesichtungen.

Charaktereigenschaften des frisch gebackenen Meisters

In den vergangenen Jahren haben deine Freunde und ich dich deshalb selten zu Gesicht bekommen. Wenn wir gelegentlich in die Kneipe oder ins Kino gegangen sind, hast du gesagt: »Ich muss lernen, tut mir leid.« Das war zwar schade, aber um deine Ausdauer, deine Zielstrebigkeit und deine Disziplin haben wir dich insgeheim beneidet. Dein Einsatz hat sich gelohnt: Du hast dein Ziel erreicht und bist jetzt Meister – mit Brief und Siegel, amtlich bestätigt. Dein Traum ist Realität geworden – Glückwunsch!

Die Lehrlinge, die du künftig ausbilden wirst, haben Glück: Sie können von dir viel lernen. Zudem bist du sicher ein guter Chef, der zwar einerseits viel fordert, streng und penibel ist, andererseits aber viel Geduld und Empathie aufbringt – Eigenschaften, die du in deiner Lehrzeit bei deinem Meister schmerzlich vermisst hast. Das kannst du künftig besser machen! Ich bin sicher, das wird dir gelingen!

Schluss: Hoffnung auf künftige gemeinsame Unternehmungen. Geschenkübergabe. Erneuter Toast

Vor allem beim Skifahren und Bergwandern habe ich dich in den vergangenen Monaten – als du für deine Prüfung gebüffelt hast – vermisst. Ich hoffe, du hast künftig etwas mehr Freizeit und bist wieder öfter mit von der Partie. Und weil Meister doch ab und zu vom Himmel fallen – obwohl die Volksweisheit genau das Gegenteil sagt –, habe ich dir hier einen Gutschein mitgebracht: Dafür bekommst du drei Fallschirmsprünge. Fall schön, genieß es und viel Erfolg, Meister! Lasst uns noch einmal das Glas auf Hans-Jörgs Wohl erheben!

Trauerreden

Die richtigen und passenden Worte für eine Trauerrede zu finden ist ein ganz besonders schwieriger Part für den Redner, weil persönliche Betroffenheit, Schmerz und Trauer eine Rolle spielen. Deshalb erfordern Traueransprachen eine sorgfältige und einfühlsame Vorbereitung.

Sammeln Sie möglichst viele Informationen über den oder die Verstorbene, damit Sie ein vielseitiges und lebensnahes Bild von ihm oder ihr zeichnen können. Stimmen Sie Ihre Ansprache inhaltlich mit den Angehörigen ab, und erkundigen Sie sich, wie die Trauerfeier ablaufen wird.

Üblicherweise spricht der Trauerredner die Hinterbliebenen und die Trauergäste an. Halten Sie die Anrede kurz, erwähnen Sie nur die nächsten Verwandten und fassen Sie alle anderen Anwesenden mit »liebe Trauergemeinde« zusammen. Nur dann, wenn Sie dem Verstorbenen persönlich sehr nahestanden, können Sie zu Beginn der Ansprache auf die Todesursache eingehen. Lassen Sie sich von Ihrem Gespür und Taktgefühl leiten. Wenn Sie unsicher sind, sprechen Sie die Angehörigen darauf an und klären Sie diese Frage während der Vorbereitung.

Zu Beginn des Hauptteils sollten Sie in Ihrer Rede Ihre eigene Betroffenheit, Ihren Schmerz und Ihre Trauer ausdrücken und den Hinterbliebenen deutlich machen, dass ihr Verlust auch für Sie ein Verlust ist. Sagen Sie, welche Gefühle Sie am Grab eines Menschen bewegen und wie aufgewühlt Sie sind.

Versichern Sie den Angehörigen Ihr aufrichtig empfundenes Beileid. Versuchen Sie gleichzeitig Trost zu spenden, und bieten Sie Beistand beispielsweise durch tatkräftige und praktische Unterstützung in den folgenden schweren Wochen an. Gehen Sie dann dazu über, über das Leben des verlorenen Verwandten oder Freundes zu erzählen. Was war er für ein Mensch, welche Eigenschaften hatte er? In welcher Beziehung standen Sie zu ihm, und welche gemeinsamen Erlebnisse und

Grundregeln einer Traueransprache

Bei der Formulierung und Ausarbeitung Ihrer Traueransprache oder Grabrede sind folgende Grundregeln nützlich:

- → Halten Sie eine möglichst kurze Rede.
- → Sprechen Sie über Ihre Gefühle, aber vermeiden Sie Floskeln und schwülstige Phrasen.
- → Die Anrede gilt der Trauergemeinde. Wenn Sie zu dem Verstorbenen ein ganz enges Verhältnis hatten, können Sie Ihre Rede direkt an ihn richten.
- → Bleiben Sie realistisch, übertreiben Sie die persönlichen Eigenschaften und Leistungen des Toten nicht.
- → Sagen Sie nichts Negatives über den Verstorbenen. Seien Sie dennoch ehrlich und taktvoll.
- → Sprechen Sie natürlich, aber mit ernster Stimme und Tonlage. Bei Reden im Freien muss man Sie trotzdem verstehen können.
- → Achten Sie auf Kleidung, Auftreten, Körpersprache, Mimik und Gestik: Alle Punkte müssen dem Anlass entsprechen. Besonders Ihre Körpersprache sollte sehr zurückhaltend sein. Suchen und halten Sie Blickkontakt mit den Menschen, die Sie ansprechen.

Begegnungen verbinden Sie? Gehen Sie auch auf sein Vermächtnis oder seine besonderen Leistungen ein. Beschreiben Sie, wie Sie den Verstorbenen weiterhin in Erinnerung behalten werden.

Am Ende Ihrer Trauer- oder Grabrede können Sie ein letztes Mal Abschied nehmen und Ihrem verstorbenen Verwandten, Freund oder nahestehenden Kollegen in direkter Anrede einen persönlichen Gruß widmen.

Tod des Großvaters

Einleitung: Rückschau auf die letzten Wochen vor dem Tod. Zitat

Redner: Enkel
Stil: traurig, nachdenklich

Liebe Oma, liebe Verwandte und Bekannte, liebe Trauergemeinde, mein Opa Fritz hat einmal zu mir gesagt, dass er nicht allein im Krankenhaus sterben möchte, weil er in seinem Leben viel zu oft in Kliniken gelegen hat. Doch angesichts seiner schweren Krankheit war er in den letzten Wochen seines Lebens auf intensive medizinische Hilfe angewiesen. Diejenigen, die ihn am Krankenbett besucht haben, konnten sich ein Bild davon machen. Aber allein war er trotzdem nicht, als er eingeschlafen ist: seine Tochter und sein Sohn sowie seine beiden Enkel, meine Schwester und ich, waren bei ihm.

Und ich hoffe, dass es ihm nun – wo er auch immer sein mag – gut geht und er keine Schmerzen mehr hat. Denn wie sagte einmal Wilhelm von Humboldt: »Der Tod ist kein Abschnitt des Daseins, sondern nur ein Zwischenereignis, ein Übergang aus einer Form des endlichen Lebens in eine andere.«

Hauptteil: Würdigung des Verstorbenen. Rückschau auf sein Leben. Persönliche Erinnerungen

Mein Großvater war ein großartiger und faszinierender Mann. Ich war immer sehr stolz auf ihn: Er war zielstrebig, weise, großzügig, einfühlsam, und er hat sich immer das »Kind im Manne« bewahrt. In dieser Hinsicht ist er ein großes Vorbild für mich. Wie ihr ja wisst, war Opa Fritz ein begeisterter und ausgebuffter Skatspieler. Ab und zu musste ich ihn im Lokal abholen, weil er mal wieder die Zeit vergessen hatte. Ich werde sein Grinsen, sein Gesicht und die jungenhafte Freude nie vergessen, wenn er seine Gegner beim Skat mal wieder ausgetrickst hatte. Ich bin froh, dass ich das Skatspielen – und nicht nur das – von ihm lernen durfte.

Opa Fritz hat einen Krieg miterleben müssen. Er kam Ende des Zweiten Weltkriegs schwer verletzt in ein russisches Gefangenenlager. Er hat überlebt, aber wegen der Folgen seiner Verwundung war er zeitlebens auf Medikamente angewiesen und ständig in ärztlicher Behandlung.
Trotz dieses Handicaps führten er und meine Oma Marie einen Bauernhof, versorgten Kühe und Schweine, bauten Kartoffeln und Rüben, Getreide und Klee an. Doch über zu viel Arbeit und ein Leben ohne Wochenende und Urlaub hat er sich nie beschwert.
Neben der Landwirtschaft hat er immer noch in seinem Beruf als Zimmermann gearbeitet. Von ihm habe ich viele handwerkliche Dinge und Tricks gelernt, von denen ich noch immer profitiere, obwohl ich nur Gelegenheits-Handwerker bin. Einige Werkzeuge habe ich von ihm erhalten. Immer, wenn ich eines davon in die Hand nehme, denke ich an ihn und an seine geschickten Hände. Und dass ich Traktor fahren kann – auf jedem Terrain und bei jedem Wetter –, das verdanke ich auch ihm.

Schluss: Angebot zur Unterstützung der Witwe. Ausdruck persönlicher Betroffenheit. Abschied und Dank

Heute haben wir meinen Opa zu Grabe getragen. Der Verlust ist für meine Oma Marie wohl am schwersten zu ertragen. Doch meine Eltern, mein Onkel und wir Enkel werden versuchen, ihr in den kommenden Wochen und Monaten – so gut es geht – zu helfen und sie zu unterstützen.
Der Tod meines Opas hinterlässt in meinem Leben eine Lücke, die sich nie mehr schließt und die ich auch gar nicht schließen möchte. Da er jetzt nicht mehr unter uns ist, werde ich in vielen Situationen an ihn denken und versuchen, alles, was er mir vorgelebt und gezeigt hat, umzusetzen. Das wird nicht immer einfach sein, denn er hat die Messlatte ziemlich hoch gelegt. Lieber Opa, ich gebe auch künftig mein Bestes, so dass du stolz auf mich sein kannst. Danke für alles!

Tod einer Freundin

Einleitung: Persönliches Gefühl der Trauer

Rednerin: Freundin
Stil: nachdenklich, gefasst

Lieber Helmut, verehrte Trauergäste,
wir trauern mit dir um deine liebe Frau und die Mutter deiner kleinen Tochter. Wir alle sind tief betroffen vom plötzlichen Tod Mechthilds und davon, dass wir uns hier an ihrem Grab treffen müssen, um Abschied zu nehmen – dazu noch an einem sonnigen Frühsommertag. Solche Tage hat sie immer geliebt.

Hauptteil: Nennung der Todesumstände. Erinnerung an den Schock der Todesnachricht

Was mich vor allem so schockiert hat und mitnimmt: die Sinnlosigkeit. Eine junge Familie wird auf der Fahrt in den Urlaub von einem angetrunkenen Autofahrer in einen Unfall verwickelt, und dabei wird die Ehefrau – und Mutter einer kleinen Tochter – tödlich verletzt.
Bislang habe ich mich immer gefragt, wie schrecklich das sein muss, wenn man vom Tod eines Familienmitglieds oder Freundes aus der Zeitung erfährt. Jetzt weiß ich es. Es ist unvorstellbar. Die Nachricht: »Alkohol am Steuer: Junge Mutter aus München tot«, die ich gelesen hatte und bei der ich schon das Schlimmste befürchtet hatte, bewahrheitete sich leider nach einem Telefonat. Die Gewissheit, dass Mechthild das Verkehrsopfer aus der Zeitung war, zog mir den Boden unter den Füßen weg. Meine beste Freundin ist tot. Wie konnte das passieren? Was wird aus Mechthilds Tochter, aus ihrem Mann?

Charakter der Verstorbenen, Hilfsangebot an den Witwer

Dir, Helmut, wird ihr offenes, charmantes, verschmitztes und lebensbejahendes Wesen noch mehr fehlen als mir. Und du fragst dich sicher, wie du in Zukunft leben kannst und wie das alles gehen soll ohne die geliebte Frau an dei-

ner Seite. Wann immer du jemanden zum Zuhören oder Ausweinen brauchst oder auch ein Kindermädchen für deine Tochter Amelie, lass es mich wissen. Ich helfe gerne.

Schluss: Trost im Erinnern. Abschied von der Toten

Wir alle, deine Familie und deine Freunde, sind unendlich traurig und fühlen mit dir. Wir möchten dich trösten und wissen gleichzeitig, dass die Trauer nicht in Worte zu fassen ist. Mechthilds plötzlicher und unsinniger Tod berührt uns sehr, denn es ist so schrecklich, einen geliebten Menschen zu verlieren. Vielleicht ist es dir ein Trost zu wissen: Solange wir Mechthild nicht vergessen, wird sie unter uns sein. Der Mensch ist erst wirklich tot, wenn niemand mehr an ihn denkt.
Mechthild, wir denken an dich und werden dich nie vergessen!

Zitate und Verse
für private Anlässe

Lassen Sie sich inspirieren! Mit unseren Versen und Zitaten finden Sie ganz leicht den richtigen Einstieg oder Schluss für Ihre Rede.

Geburtstag

Keine Kunst ist's, alt zu werden; es ist Kunst, es zu ertragen.
[Johann Wolfgang von Goethe]

Auch mit sechzig kann man aussehen wie mit vierzig,
nur dauert es etwas länger.
[Karin Dor]

Das Alter ist für mich kein Gefängnis, in das man eingesperrt ist,
sondern ein Balkon, von dem man weiter sieht.
[Marie Luise Kaschnitz]

Wer im zwanzigsten Jahr nicht schön,
im dreißigsten nicht stark,
im vierzigsten nicht klug, im fünfzigsten nicht reich ist,
der darf danach nicht hoffen.
[Martin Luther]

Altern ist eine unausweichliche physiologische Veränderung des
Organismus mit fortschreitendem Verlust der Anpassungsfähigkeit.
[Georg Christoph Lichtenberg]

Nichts Schnelleres gibt's als die Jahre.
[Ovid]

Hochzeit und Verlobung

Die Ehe ist und bleibt die wichtigste Entdeckungsreise, die der Mensch unternehmen kann.

[Sören Kierkegaard]

Die Liebe ist eine Dummheit, die zu zweit begangen wird.

[Napoleon]

Liebe ist ein Glas, das zerbricht,
wenn man es unsicher oder zu fest fasst.

[Russisches Sprichwort]

Das Glück ist das Einzige, was sich verdoppelt, wenn man es teilt.

[Albert Schweitzer]

Richtig verheiratet ist der Mann erst dann, wenn er jedes Wort versteht, das seine Frau nicht gesagt hat.

[Alfred Hitchcock]

Liebe ist das Einzige, was nicht weniger wird,
wenn wir es verschwenden.

[Ricarda Huch]

Heirat, das heißt Nachtigallen zu Hausvögeln machen.

[Christian Dietrich Grabbe]

Die Liebe, welch' lieblicher Dunst! Doch in der Ehe, da steckt die Kunst!

[Theodor Storm]

Die gute Ehe ist ein ew'ger Brautstand.

[Theodor Körner]

Todesfall

Die Erinnerung ist das einzige Paradies,
aus dem wir nicht vertrieben werden können.
[Jean Paul]

Das Leben ist nur ein Moment, der Tod ist auch nur einer.
[Friedrich von Schiller]

Durch den Tod wird das Leben verstärkt.
[Novalis]

Du kamst, du gingst mit leiser Spur, ein flücht'ger Gast im Erdenland.
Woher? Wohin? Wir wissen nur: Aus Gottes Hand in Gottes Hand.
[Ludwig Uhland]

Tod! Eine Welt von Schmerzen liegt in diesem Wort.
[Hans Christian Andersen]

Wer im Gedächtnis seiner Lieben lebt, der ist nicht tot, der ist nur fern!
[Immanuel Kant]

Wer stirbt, erwacht zum Ewigen Leben.
[Franz von Assisi]

Niemand kennt den Tod. Es weiß auch keiner, ob er nicht das größte Geschenk
für den Menschen ist.
[Sokrates]

Bücher, die weiterhelfen

Birkenbihl, Vera: *Rhetorik – Redetraining für jeden Anlass.* Heinrich Hugendubel Verlag, Kreuzlingen/München

Cross-Müller, Claudia: *Überzeugend auftreten. Körpersprache und Selbstpräsentation für Frauen.* Kösel-Verlag, München

Duden: *Reden gut und richtig halten.* Bibliographisches Institut & F.A. Brockhaus AG, Mannheim

Düffert, Ingeborg: *Lustige Vortragstexte für Familienfeste. Geburtstage, Hochzeiten, Jubiläen.* Knaur Ratgeber Verlage, München

Harland, Simone: *Neue Geburtstagsreden.* Falken-Verlag, Niedernhausen

Hirson, Christina: *Zitate für jeden Anlass.* Gräfe und Unzer Verlag, München

Kobschätzky, Andreas (Hrsg.): *Zitate.* Gräfe und Unzer Verlag, München

Maess, Thomas: *Die perfekte Rede. So überzeugen Sie Ihr Publikum.* (inkl. CD) Rudolf Haufe Verlag, Freiburg

Michaelis, Eva: *Tröstende Worte und Reden im Trauerfall.* Urania Verlag, Stuttgart

Proff, Verena: *Hochzeit. Reden und Glückwünsche.* Gräfe und Unzer Verlag, München

Püttjer, Christian/Schnierda, Uwe: *Reden ohne Angst – Souverän auftreten und vortragen.* Campus Verlag, Frankfurt/Main

Wahl, Heidi: *Rhetorik.* Gräfe und Unzer Verlag, München

Wieke, Thomas: *Reden zur Geburt und Taufe.* Falken-Verlag, Niedernhausen

Internetadressen, die weiterhelfen

www.heidiwahl.de
Internetseite der Autorin

www.rhetorik.ch
Viele Beispiele für Rhetorikfiguren und spezielle Techniken von Kommunikation und Rede.

www.rhetorik-netz.de
Themenangebote, Übungen, Aphorismen, Gedichte und Zitate zu Rhetorik. Stichwortartig und alphabetisch angeordnet.

www.toastmasters.org
In den Debattierclubs können Sie mit Gleichgesinnten Reden üben.

www.zitate.de
Zitate nach Kategorien und Autoren geordnet sowie Empfehlungen von Lesern.

Register

Mehr Glück & Erfolg

GU Clever leben – stellen Sie die Weichen auf Erfolg

ISBN 978-3-7742-6948-4
128 Seiten | 12,90 € [D]

ISBN 978-3-7742-7743-4
128 Seiten | 12,90 € [D]

ISBN 978-3-7742-6401-4
128 Seiten | 12,90 € [D]

ISBN 978-3-7742-6676-6
128 Seiten | 12,90 € [D]

ISBN 978-3-7742-6675-9
128 Seiten | 9,90 € [D]

ISBN 978-3-7742-6344-4
128 Seiten | 9,90 € [D]

Clevere Bücher für clevere Leser:

Einsteigen – aktuelle Themen auf den Punkt gebracht

Informieren – erfahrene Autoren geben Rat

Ausprobieren – viele praktische Übungen und Tipps

GU

Willkommen im Leben.

Impressum

Programmleitung
Marta Vascotto
Leitende Redaktion
Anita Zellner
Redaktion
Sabine Schlimm
Lektorat
Dunja Götz-Ehlert

Umschlaggestaltung und Layout
independent Medien-Design
Titelillustration
Isabelle Follath/if illustration
Illustration S. 28:
Sabine Schlimm
Herstellung
Bettina Häfele
Satz
Uhl + Massopust, Aalen
Reproduktion
Fotolito Longo, Bozen
Druck und Bindung
Druckhaus Kaufmann, Lahr

Umwelthinweis
Dieses Buch wurde auf chlorfrei gebleichtem Papier gedruckt. Um Rohstoffe zu sparen, haben wir auf Folienverpackung verzichtet.

ISBN
987-3-7742-8852-2

1. Auflage 2007

Wichtige Hinweise

Die Beiträge in diesem Buch sind sorgfältig recherchiert und entsprechen dem aktuellen Stand. Abweichungen, beispielsweise durch seit Drucklegung geänderte Preise, Gebühren, Anlageentwicklungen, www-Adressen etc., sind nicht auszuschließen.
Weder Autorin noch Verlag können für eventuelle Nachteile oder Schäden, die aus den im Buch gegebenen praktischen Hinweisen resultieren, eine Haftung übernehmen.

Das Original mit Garantie

Ihre Meinung ist uns wichtig.

Deshalb möchten wir Ihre Kritik, gerne aber auch Ihr Lob erfahren. Um als führender Ratgeberverlag für Sie noch besser zu werden. Darum: Schreiben Sie uns! Wir freuen uns auf Ihre Post und wünschen Ihnen viel Spaß mit Ihrem GU-Ratgeber.

Unsere Garantie: Sollte ein GU-Ratgeber einmal einen Fehler enthalten, schicken Sie uns das Buch mit einem kleinen Hinweis und der Quittung innerhalb von sechs Monaten nach dem Kauf zurück. Wir tauschen Ihnen den GU-Ratgeber gegen einen anderen zum gleichen oder zu einem ähnlichen Thema um.

GRÄFE UND UNZER VERLAG
Redaktion Leben & Lernen
Postfach 86 03 25
81630 München
Fax: 089/41981-113
E-Mail: leserservice@graefe-und-unzer.de

100 JAHRE GANSKE VERLAGSGRUPPE

GRÄFE UND UNZER

Ein Unternehmen der GANSKE VERLAGSGRUPPE